명화로 읽는
명상록

내 삶을 다스리는 통찰과 지혜

명화로 읽는 명상록

초판 1쇄 발행 2017년 6월 16일
초판 2쇄 발행 2017년 6월 26일

지은이 | 마르쿠스 아우렐리우스
편저자 | 박준희
옮긴이 | 김문주·이욱
발행인 | 박준희
발행처 | (주)아이넷방송- 아이넷북스
기획 및 진행 | 이승렬

주 소 | 서울특별시 서초구 양재천로11길 34, 아이넷빌딩 6층 (06754)
전 화 | 02-3663-9201
팩 스 | 02-3663-9207
등록번호 | 제2013-000108호
등록일자 | 2012년 7월 10일
홈페이지 | www.booksand.co.kr

ⓒ(주)아이넷방송- 아이넷북스 2017

ISBN | 979-11-87352-03-7 03890

이 도서의 국립중앙도서관 출판예정도서목록(CIP)은 서지정보유통지원시스템 홈페이지(http://seoji.nl.go.kr)와 국가자료공동목록시스템(http://www.nl.go.kr/kolisnet)에서 이용하실 수 있습니다.
(CIP제어번호 : CIP2017013017)

Meditations and pictures

— 내 삶을 다스리는 통찰과 지혜 —

명화로 읽는 명상록

마르쿠스 아우렐리우스 지음 | 박준희 편저 | 김문주·이욱 옮김

아이네북스
INET&BOOKS

1. 아우렐리우스의 생애

마르쿠스 아우렐리우스 안토니누스Marcus Aurelius Antoninus는 121년 4월(6일이나 21일, 혹은 26일에 태어난 것으로 추정) 로마에서 태어났다. 본명은 마르쿠스 아우렐리우스 베루스Marcus Aurelius Verus로, 로마의 제2대 황제 누마 폼필리우스Numa Pompilius의 후손으로 알려져 있다. 아버지 마르쿠스 안니우스 베루스Marcus Annius Verus III는 로마의 고위 관리를 지냈고 할아버지 마르쿠스 안니우스 베루스Marcus Annius Verus II 역시 집정관을 세 차례나 재임했다.

마르쿠스는 부모를 일찍 여의고 할아버지 손에 자랐다. 어렸을 때부터 재능이 출중해 황제 하드리아누스Hadrianus의 총애를 받았다. 황제는 그를 베루스가 아닌 베리시무스Verissimus(가장 신임할 수 있는 자라는 뜻)라는 애칭으로 불렀다. 여섯 살에 기사 작위를 받고, 여덟 살에 마르스Mars(고대 로마의 전쟁 신)의 제사관이 되었다. 고모 안니아 갈레리아 파우스티나Annia Galeria Faustina가 하드리아누스 황제의 양자 티투스 안토니누스 피우스Titus Antoninus Pius와 결혼했고, 138년에 고모부 안토니누스가 황제로 즉위했다. 안토니누스가 아들이 없던 관계로 마르쿠스를 양자로 들여 마르쿠스 아우렐리우스 안토니누스로 개명하게 되었다.

마르쿠스는 열다섯 살에 고모부의 (또 다른) 양자 루키우스 세이오니우스 코모두스Lucius Ceionius Commodus(후일에 루키우스 아우렐리우스 베루스L. Aelius Aurelius Verus로 개명)의 누이 파비아Fabia와 약혼했으나, 나

마르쿠스 아우렐리우스의 젊은 시절 초상. 이 때부터 이미 남다른 철학적 풍모와 황제의 기품을 드러냈다.

중에 이 약혼을 파기하고 고모부의 딸 파우스티나Faustina[1]와 약혼했다.

마르쿠스는 학교 교육 대신 가정교사의 지도를 받아 공부했다. 스토아학파Stoicism 철학을 학습한 그는 어려서부터 소박하고 검소한 생활에 익숙했으며 고되고 힘든 노동과 체력 단련도 게을리하지 않았다. 체력은 다소 약했지만 용기가 남달라서 야생 멧돼지 사냥을 할 때도 전혀 두려워하는 법이 없었다. 반면에 교만하고 사치스러우며 문란하고 방탕한 일은 언제나 조심스레 피해 다녔다.

당시 로마에는 전차 경주가 한창 유행이었다. 경기가 벌어질 때면 관중은 미친 듯이 흥분했고 심지어 파벌을 나누어 집단 싸움을 벌이기도 했다. 그러나 마르쿠스는 이런 난폭한 행위에 가담하기는커녕 좀처럼 경기장에 모습을 드러내지도 않았다. 어쩔 수 없이 참석해야 할 때

---

1 아우렐리우스의 아내. 그의 딸과 아내는 동명이인이다.

도 어떻게든 핑계를 찾아 경기를 제대로 관람하지 않았다. 그래서 종종 사람들의 조롱을 받기도 했다.

140년, 마르쿠스는 열아홉 살 나이로 집정관 자리에 올랐다. 호민관의 직위 및 로마 전체의 영광을 손에 넣은 셈이었다. 145년, 스물다섯 살에 결혼을 했고 2년 후에 딸을 낳았다. 162년, 안토니누스 피우스가 사망하자 마흔 살의 마르쿠스가 황제에 즉위했다. 그는 첫 번째 조치로 루키우스 코모두스Lucius Commodus와 공동 집권을 선언했다. 이 조치는 원로원의 거센 반대에 부딪혔으나 그는 향후 대권을 굳건히 계승해 그들을 장악하고자 했다.

마르쿠스가 즉위한 후 사방에서 전쟁의 위협이 들이닥쳤다. 먼저 162년에 동방에서 전운이 감돌았다. 파르티아Parthia의 볼로가세스Vologases IV가 소요 사태를 일으켜 전 로마군을 궤멸시키고 시리아를 침입했다. 이에 루키우스Lucius가 군사를 이끌고 나서 곧바로 혼란을 평정했다. 북방의 변경 지역 역시 마르코만니족Marcomanni[2]·콰디족Quadi[3]·사르마티아족Sarmatians[4]·카티족Catti[5]·라지제스족Iazyges[6] 등이 반란을 일으켜 혼란이 끊이지 않았다. 한편 로마 본토에서는 루키우스가 동방에서 옮겨 온 전염병이 창궐하고 강이 범람해 기근이 지속되었다. 결국 마르쿠스가 백성을 구제하기 위해 사재까지 털었으나, 재위 기간 내내 로마인의 생활은 여전히 곤궁하고 비참했다. 나라는 안팎으

---

2 기원전 1세기 초 마인 강 협곡에 있던 게르만족의 한 부족이다.
3 아우렐리우스가 게르만 전쟁을 벌였을 때 정벌한 부족 가운데 하나다.
4 로마 제국을 위협했던 게르만족 가운데 하나로, 중장기병과 창을 이용한 돌격전법으로 유명하다.
5 게르만족의 일파인 프랑크족에 속하는 부족이다.
6 중앙아시아에서 뻗어 나온 고대 유목민족이다.

한 노예가 부유한 젊은 귀부인의 머리를 빗겨주고 있다.

로 환란이 끊이지 않았고, 169년에는 루키우스가 사망했다.

그러나 마르쿠스는 친정親征에 나서서 북부 민족을 굴복시키고 인재를 적재적소에 활용하며 역사적으로 혁혁한 공적을 세웠다. 그중 역사에 가장 빛난 전투로 기록된 것은 174년 콰디족과 벌인 전투였다. 당시 마르쿠스 부대가 위기에 처했을 때 갑자기 천둥을 동반한 폭풍우가 쏟아졌고 당황한 적군은 속수무책으로 무너지고 말았다. 그 이후, 이들을 일컬어 '천둥의 부대Thundering Legion'라고 불렀다. 마르쿠스가 한창 게르만족과 전투를 치를 무렵, 동쪽에서 또다시 문제가 대두되었다. 혁혁한 공적을 세운 동부 총독 아비디우스 카시우스Avidius Cassius가 지나치게 자만한 나머지, 175년에 마르쿠스가 병사했다는 잘못된 소식을 듣고 스스로 제위에 오르겠다고 나선 것이었다. 이 사건에 충격을 받은 마르쿠스는 내전을 치르는 대신 제위를 양위해 평화롭게 문제를 마무리 짓기로 했다.

마르쿠스의 생각이 사람들에게 전해지자 전세는 급변했다. 반란군

마르쿠스 아우렐리우스는 군대를 이끌고 로마로 진군했다. 머리 위에 날개를 펼치고 있는 승리의 여신이 그의 부대와 백성을 보호해주었다.

장군들이 줄줄이 입장을 바꾸면서 카시우스는 결국 (황제를 자칭한 지) 채 3개월도 되지 않아 부하에게 살해되고 말았다. 마르쿠스가 친히 동방으로 나아가자 반란군이 카시우스의 목을 진상했다. 그러자 마르쿠스는 격렬히 화를 내며 사절의 접견마저 물리쳤다.

"그를 용서해줄 기회가 없음이 참으로 안타깝도다."

그는 반란에 관여한 귀족들의 죄도 추궁하지 않을 만큼 도량이 넓었다. 그러나 안타깝게도 행군해 되돌아가는 중에 부인이 죽고 말았다. 마르쿠스는 드디어 176년에 수도로 개선했으나 얼마 후 또다시 게르만 전투에 뛰어들었다. 이상은 드높았으나 체력이 따르지 못해 180년 3월 17일, 도나우 강변의 판노니아^{Pannonia}성에서 향년 쉰아홉 살에 사망했다.

마르쿠스는 유능하고 노련한 군인으로 혁혁한 무공을 세웠다. 또한 (비록 철학에 지나치게 심취했지만) 정치가로서 세상을 개혁하고자 하는 웅대한 포부와 실질적인 행동을 보였다. 선대의 업적을 계승해 나라를 지켜내는 한편 부패도 방지했다. 물론 베루스와 공동으로 집권하기를 고집하는 등 다소 어리석은 선택을 한 적도 있지만, 통치 기간 내내 정권의 균형을 유지하는 데 힘썼다. 그는 법률로써 약자를 보호하고, 노예의 생활을 개선했으며, 언제나 온화하고 부드러운 태도를 잃지 않았다. 혹자는 기독교를 탄압한 마르쿠스의 태도를 비판하기도 하지만, 당시의 기독교 박해는 드문 일이 아니었으며 또한 단지 마르쿠스만의 잘못도 아니었다. 그 시대에, 그의 지위에서 기독교를 탄압한 것은 정상적인 대응이었을 뿐 그 일로 그의 업적까지 깎아내릴 필요는 없다.

2. 아우렐리우스의 철학 사상

마르쿠스 아우렐리우스의 《명상록Meditations》은 고대 로마 스토아학파의 중요한 저술 가운데 하나로 평가받는다. 스토아학파의 주장과 마르쿠스 사상에 대해 간략하게 살펴보면 다음과 같다.

스토아학파의 시조는 그리스의 제논Zeno으로, 출생과 사망 시기는 불분명하지만 대략 기원전 350년에서 250년 사이에 살았던 것으로 추정한다. 그는 동서 교통의 중심지이자 문화가 교차하는 지점이었던 키프로스Cyprus 섬에서 태어났다. 덕분에 동방의 열정과 서방의 이성을 동시에 아우른 그는 테베의 크라테스Crates of Thebes에게 가르침을 받는 한편 다른 학파의 주장도 깊이 연구했다. 그 후 아테네Athenae 시장의 주랑stoa에서 학문을 설파하기 시작한 것이 스토아학파의 효시다. 이

말에 탄 마르쿠스 아우렐리우스. 그의 황제 철학가로서의 풍모를 통해 당시 스토아학파의 성향과 성격을 엿볼 수 있다.

후 크리시포스Chrysippus[7]가 스토아학파의 철학을 집대성했다.

　스토아학파의 철학은 특히 로마인의 성격과 맞아 떨어졌다. 말보다 실천을 중시했던 로마인은 강인하고 굳건한 의지와 이성적인 판단을 숭상했다. 스토아학파의 3대 인물로 세네카Seneca[8]·에픽테투스Epictetus·마르쿠스를 꼽는데, 마르쿠스는 그들 가운데 에픽테투스에게 지대한 영향을 받았다. 이 점은 《명상록》에서도 찾아볼 수 있다.

　스토아학파의 사상은 크게 물리학·논리학·윤리학 세 부분으로 나눌 수 있다. 이들이 주장한 물리학 사상은 (간단히 말해) 유물주의唯物主義[9]에 범신론汎神論[10]을 더한 사상이다. 플라톤Plato이 말한 "유일하게

7　초기 스토아학파의 대표적인 인물.
8　저명한 철학자로, 로마 황제 네로Nero의 스승이었다.
9　물질을 제1차적·근본적인 실재로 생각하고, 마음이나 정신을 부차적·파생적인 것으로 보는 철학을 뜻한다.
10　우주·세계·자연의 모든 것을 신으로 보는 세계관이다.

존재하는 실제적 관념은 이성"이라는 주장과 정반대로, 스토아학파는 "물질적인 사물만이 진정으로 존재한다. 하지만 물질의 우주(코스모스 cosmos) 가운데 정신적 역량(로고스logos)이 두루 퍼져 있으며, 이는 불·공기·영혼·이성·하느님이 주관한 모든 원리 등의 각기 다른 형태로 나타난다"고 주장했다. 우주 자체가 신이기 때문에 사람들이 숭배하는 대상은 단지 신의 현시顯示(나타내 보임)일 뿐이며 신화나 전설은 모두 거짓이다. 인간의 영혼은 신에게서 나온 것이므로 결국에는 반드시 신에게 회귀해야 한다. 또한 만물을 주관하는 신성神聖 법칙은 일체 사물의 조화와 이익을 위해 만들어진 것이다. 그러므로 인간은 공동의 이익과 신과의 합일을 위해 의식적으로 노력해야 한다.

스토아학파의 논리학은 크게 변증법辨證法[11]과 수사학修辭學[12]으로 나뉘며, 두 가지 모두 효과적으로 사고하는 도구로 활용할 수 있다. 하지만 마르쿠스는 물리학이나 논리학에 관심을 기울이는 대신 윤리학에 심취했다.

스토아학파는 "삶의 최대 목표는 우주의 자연 법칙에 따라 사는 것이다"라고 주장했다. 이때 자연이란 제멋대로 행동하는 의지가 아니라 앞서 말한 '우주의 자연법'을 뜻한다. 물론 미덕 없이 선을 말할 수 없고 죄악 없이 악을 말할 수는 없다. 이른바 미덕美德은 네 가지로 나뉜다. 첫째는 선악을 구별할 수 있는 지혜, 둘째는 갈등에 대처할 수 있는 정의, 셋째는 고통을 끝낼 수 있는 용기, 넷째는 물욕에 휘둘리지

---

11 문답을 통해 진리에 도달하는 방법을 말한다.
12 사상이나 감정 따위를 효과적·미적으로 표현할 수 있도록 문장과 언어의 사용법을 연구하는 학문이다.

당시 로마인이 식욕을 돋우기 위해 먹던 계란과 새
요리 등의 음식이 눈에 띈다.

않는 절제다.

외부의 사물, 즉 건강과 질병, 부유함과 빈곤함, 쾌락과 고통 등은
인간이 미덕을 발휘할 수 있는 배경이 될 뿐 본질적으로는 전혀 중요
한 사안이 아니다. 세상만사는 개인이 통제할 수 있는 일과 통제할 수
없는 일로 나뉜다. 사랑과 증오는 전자에, 부귀영화는 후자에 속한다.
그러므로 개인이 통제할 수 있는 범위에서는 자신을 다스리고 극복해
야 한다. 우주의 일부에 속하는 인간은 우주 전체에 의무가 있으므로
언제나 자신의 본분을 잊지 말아야 한다. 살아 있어도 삶의 책임을 다
하지 못할 때는 자살도 정당화될 수 있다.

아우렐리우스가 새로운 철학적 체계를 세운 사상가는 아니었기에
《명상록》에서 하나의 완성된 철학을 찾을 수는 없다. 그러나 그는 철
학을 탐구하는 대신 스스로 반성하고 미덕에 대한 열망을 표현하는 데
집중했다. 또 후대에 길이 남길 저작을 계획하기는커녕 누군가에게 보
이기 위해 이 책을 저술한 것도 아니었다(하지만 이 책의 제1장은 후에
고의적으로 첨부한 것으로 보인다).

스토아학파의 철학 사상은 종교와 매우 가깝다. 로마의 종교는 세속

적이고 빈약했는데, 사람들은 신께 제물을 바치고 축복을 내려달라고 기도했다. 신이 기쁘면 복을 내려주고 화나면 재앙을 내린다고 믿었기 때문이다. 따라서 진정한 종교적 신앙과 열정은 철학에서 찾아볼 수 있다. 아우렐리우스는 책 속에서 삶과 죽음에 대해 줄곧 반문한다. 그는 불교에서 말하는 "삶과 죽음의 운명은 찰나에 결정된다"라는 말을 똑같이 읊조렸다. 하지만 그는 윤회나 부활을 믿지 않았으며 불교·기독교와는 완전히 다른 가치관을 보였다.

3. 《명상록》의 판본에 관해

이 작품이 어떻게 전해 내려왔는지는 알려진 바가 없다. 다만 로마 황제 마르쿠스 아우렐리우스가 저자였다고 확인되었을 뿐이다. 원고는 아마도 사위 폼페이아누스Pompeianus나 절친한 친구 빅토리누스Victorinus가 보관했을 것으로 추측된다.

이 책에 관한 역사상 최초의 기록은 350년에 철학가 테미스티우스Themistius의 강연록에 등장한다. 이후 550년 동안 아무런 언급도 되지 않다가 900년경 수이다스Suidas가 편찬한 사전에 《명상록》에서 발췌한 약 서른 개의 인용문이 등장한다. 또 소아시아 카파도키아Cappadocia 지방의 주교 카이사레아의 아레타스Arethas of Caesarea가 《명상록》의 필사본을 대주교에게 보냈다고 한다. 이후 또다시 250년 동안 흔적을 감추었다가 콘스탄티노플의 학자 제트제스Tzetzes가 다시금 이 책의 구절을 인용했다.

로마 사병을 형상화한 그림이다.

그로부터 150년이 지난 1300년경, 교회사가敎會史家 니케포루스 칼리스투스Nicephorus Callistus가 아우렐리우스를 언급하며 "아들에게 세상의 지혜가 가득한 책 한 권을 남겼다"라고 기술했다.[13] 이 밖에 콘스탄티노플의 한 수도사가 역대 작가 선집을 편찬하면서 《명상록》의 구절 마흔네 개를 포함시켰다. 현재 전하는 주요 판본으로는 1558년에 자이란도르Xylandor가 발간한 궁정본Codex Palatinus과 교정본敎廷本(Codex Vaticanus 1950)이 있다. 그 외에도 수많은 사본이 있지만 그리 주목할 만한 것은 없다.

《명상록》은 라틴어·영어·프랑스어·이탈리아어·독일어·스페인어·노르웨이어·러시아어·체코어·폴란드어·페르시아어 등 수많은 언어로 번역되었다. 일례로, 영국에서는 17세기에 총 26종, 18세기에는 58종의 판본이 간행되었다. 19세기에는 82종, 20세기에는 1908년까지만 해도 이미 30종이 출간되었다.

---

13 이에 관해서는 이 책의 제3장 제14절을 참고할 것.

차례

제1장

"신께서 내게 훌륭한 할아버지들과 부모, 좋은 누이와 선생, 반려자, 친척, 친구를 보내주신 것에 감사한다. 내 천성이 다소 괴팍해 잘못을 저지를 기회가 많았음에도 자비로우신 신의 은총으로 그 누구와도 커다란 갈등 없이 조화롭게 지낼 수 있었다."

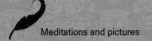
Meditations and pictures

고매한 품성은 하루아침에 길러지지 않는다

1. 나는 할아버지 베루스Verus[1]로부터 친절하고 예의 바른 행동거지와 감정을 스스로 다스리는 법을 배웠다.

2. 세인의 칭찬과 내 기억을 돌이켜보면 나는 아버지[2]로부터 겸손과 용기를 배웠다.

---

[1] 마르쿠스 아우렐리우스의 할아버지. 138년 아흔 살 나이에 사망했다.
[2] 아우렐리우스의 친아버지 마르쿠스 안니우스 베루스Marcus Annius Verus III. 136년 이전에 사망했다.

3. 나는 어머니[3]로부터 신을 경외하는 겸허함을 배웠다. 또한 악한 행동뿐 아니라 사악한 마음조차 경계하는 마음을 배웠다. 나아가 검소한 생활을 실천하며 부자들의 악습을 근절하고자 했다.

4. 증조부께서는 나를 공립학교로 보내는 한편 훌륭한 가정교사를 초빙해 배우게 하셨다. 또 공부를 할 때는 돈을 아끼지 말아야 한다고 가르쳐주셨다.

5. 스승은 내게 원형 경기장에서 어느 한쪽(프라시니Prasini 혹은 베네티Veneti)을 응원하거나 어느 검투사(중무장 혹은 경무장)도 지지하지 말라고 가르치셨다. 또한 힘든 노동은 기꺼이 참아내되 욕심을 줄여야 한다고, 일은 남의 손에 맡기기보다는 스스로 처리하고 남의 일에는 간섭하지 말라고, 그리고 떠도는 유언비어에는 귀를 기울이지 말아야 한다고 가르치셨다.

6. 디오그네투스Diognetus[4]는 내게 자질구레한 일에는 관심을 기울이지 말라고 가르쳤다. 기적을 일으킨다는 사기꾼과 악귀를 쫓고 마법을 쓴다는 주술사 등이 내뱉는 괴이한 말에 현혹되지 말라고도 하셨다. 또 단지 경기를 위해 메추라기를 기르거나 그런 류의 오락 경기에도 빠져들지 말라고 충고했다.

---

3 아우렐리우스의 어머니 미티아 루킬라Domitia Lucilla.
4 아우렐리우스에게 미술을 가르치던 선생.

경기장에서 시합을 벌이는 검
투사(부분).

상대방의 직언에 불만을 토로하는 대신 철학적 사고를 단련하는 데
힘써야 한다. 먼저 바키우스Bacchius에 대해 배우고 탄다시스Tandasis[5]와
마키아누스Marcianus를 독송한 나는 어려서부터 대화를 기술하는 방법
을 연습했다. 그리고 자그마한 나무 침대와 양가죽 등 고대 그리스 시
대에 엄격한 자기 수련에 사용하던 물품을 좋아하게 되었다.

7. 나는 루스티쿠스Rusticus[6]에게 스스로 품성을 단련하고 수양할 필
요성을 배웠다. 잘못된 궤변이 만든 함정에 빠지거나 알맹이 없는 문
자를 남발하지 않고, 상투적인 말을 늘어놓으며 짐짓 세상에 초탈한
척 자신을 꾸미지도 않았다. 온갖 미사여구를 동원해 말을 꾸미거나
방 안에서 예복을 입고 다니는 등 터무니없는 행동도 자제했다.

그는 편지를 쓸 때 거드름을 피우며 잘난 척하는 대신 시누에사

---

5 플라톤학파 철학가 가운데 한 사람.
6 스토아학파를 따르던 고대 로마의 정치가.

로마인은 학문 자체의 가치를 중시하기보다 실질적인
활용법에 더 주목했다. 선생들은 종종 좁은 방 안에서
학문을 가르쳤다.

Sinuessa[7]에서 내 어머니께 보낸 편지처럼 간결하고 쉽게 써야 한다고
말했다. 또 화를 돋우는 사람과도 항상 조화롭게 지내도록 노력하고,
만약 상대가 화해를 청한다면 쉽게 용서해줄 수 있는 너그러운 마음을
기르라고 충고했다. 독서를 할 때는 가볍고 피상적인 이해에 그치지
말고 꼼꼼하고 정확하게 읽되, 말 많은 달변가에게 쉽게 넘어가지 말
라고 했다. 마지막으로 그가 개인 소장용 서적을 내게 빌려준 덕분에
에픽테투스의 《담론집The Discourses》을 읽을 수 있었다.

8. 나는 아폴로니우스Apollonius[8]에게 독립적인 자유정신과 확고부동
한 의지를 배웠고, 이성 외에 그 어떤 것에도 기대지 말아야 함을 깨달
았다. 자식의 죽음[9], 기나긴 병마의 고통 속에서도 평정심을 잃지 않던

---

7 고대 로마 인근 라티움 지방의 도시.
8 고대 로마의 연설가이자 스토아학파 철학자.
9 아폴니우스의 자식인 안니우스M. Annius는 169년에 요절했다. 첫째 아들은 147년에 태어나자마자
　 사망했다.

아펠레스Apelles와 신발 수선공. 아펠레
스는 알렉산더Alexander 대왕의 궁정 화가
였다. 이 그림은 플랑드르Flandre파 화가
프랑켄 2세Francken II의 회화 작품이다.

그는 내게 살아 있는 교과서나 마찬가지였다. 근엄하고 엄격했던 동
시에 매우 온화했던 그는 한시도 가르침을 게을리하지 않았다. 철학
의 교훈을 쉽고 재미있게 가르치는 능력이 탁월했지만 정작 본인은 자
신의 강점을 잘 알지 못했다. 그 덕분에 친구들에게서 호의를 얻는 법,
그러면서도 자존심을 잃지 않는 법, 그리고 타인의 배려를 (당연한 일
처럼) 무심히 지나치지 않는 법을 배웠다.

9. 섹스투스Sextus[10]에게서는 온화한 성품과 가정을 이끄는 지혜, 자
연의 법칙에 따르는 인생관을 배웠다. 엄격하되 진솔하고, 언제나 친
구들의 입장을 세심히 고려하며, 지성과 이해가 부족한 사람에게는 인
내심을 발휘해야 한다는 점도 깨달았다.

---

10 플라톤학파의 철학가이자 플루타르크Plutarch의 손자. 일설에는 외손자라고 전해진다.

필사원들이 딱딱하고 날카로운 도구를 이용해 연설가의 강연 내용을 기록하고 있다.

친화력이 뛰어난 그와 함께 있으면 달콤한 아첨의 말을 듣는 것보다 훨씬 유쾌했다. 그와 어울린 이들은 누구나 그의 품성을 흠모해 마지않았다. 삶의 처세법을 터득한 그는 어떻게 사람들과 어울리고, 일을 처리할지에 대한 자신만의 방법과 재능이 있었다.

그는 분노를 비롯해 어떠한 감정의 변화도 드러내지 않았다. 감정의 동요에서 완전히 벗어난 듯한 그는 언제나 친절하고 부드러웠다. 누군가를 칭찬할 때도 과장하는 법이 없었고, 자신의 박학다식한 지성을 뽐내지도 않았다.

10. 나는 문법학자 알렉산더[11]에게서 남의 잘못은 들추지 말아야 한다고 배웠다. 상대가 비속어나 문법(혹은 발음)에 어긋나는 말을 하더라도 공개적으로 지적하는 것은 금물이다. 대신 정확한 표현으로 그를 교묘히 풍자하거나, 그에게 다시 한 번 그 표현을 반복해서 말하면

---

11   문법학자로서 호머의 주해서를 썼다. 아우렐리우스는 145년 로마의 궁중에 머물렀다.

세베루스는 경박하고 이기적인 사람이었다. 안토니누스가 세상을 떠난 후 세베루스와 아우렐리우스는 8년 동안 공동 집정을 펼쳤다. 세베루스가 죽을 때까지 지속된 2인 통치 체제는 로마 역사상 전무후무한 사건이었다.

된다. 혹은 글자 하나를 고치는 대신 전체 문장을 함께 되짚어보거나, 기분이 상하지 않을 만큼 완곡한 방법으로 상대에게 일깨워줄 수도 있다.

11. 프론토Fronto[12]를 통해 흔히 폭군이 지닌 시기심·간사함·허세 등에 주의하게 되었다. 그리고 이른바 귀족 계층은 대개 인간미가 부족하다는 점을 깨달았다.

12. 플라톤주의자인 알렉산더에게서 불필요하게 "너무 바빠!"라는 말을 자주 내뱉지 말아야 한다고 배웠다. 또한 바쁘다는 핑계로 사람들에 대한 의무를 저버려서도 안 된다.

13. 카툴루스Catulus[13]는 만약 친구가 불평을 늘어놓거나 소란을 피

---

12 고대 로마의 수사학자이자 변론가.

13 스토아학파 철학자.

마르쿠스 아우렐리우스의 아버지 안토니누스의 대리석 초상이
다. 《로마제국쇠망사The Decline and Fall of the Roman Empire》
를 쓴 에드워드 기번Edward Gibbon은 그를 이렇게 평했다. "안토니
누스는 전 세계의 대부분 지역에 평화와 안정을 가져왔다……
그는 선량하고 온화한 사람이었다. 천성적으로 검소하고 소박했
던 그는 허세를 부리거나 위선을 떠는 법이 없었다." 안토니누스
는 161년에 세상을 떠났다.

울 때 그냥 넘어가지 말고 그가 원래의 진솔한 품성을 회복하도록 도
와야 한다고 가르쳤다. 그리고 도미티우스Domitius[14]와 아테노도투스
Athenodotus[15]의 이야기에서 볼 수 있듯 항상 어른에 대한 존경심을 보이
고 남의 자녀들을 대할 때는 진실한 사랑과 애정으로 돌보아야 한다.

14. 나의 형제 세베루스[16]에게서 가정과 진리, 정의를 사랑할 것을
배웠으며 트라세아Thrasea[17]와 헬비디우스Helvidius[18], 카토Cato[19], 디오
Dio[20], 브루투스Brutus[21]에 대해서도 알게 되었다. 그는 이른바 국가란 개
인의 평등한 권리와 언론의 자유를 바탕으로 법률을 제정해야 하며,

---

14 로마의 정치가이자 법학자.
15 프론토Fronto의 스승이자 철학자.
16 스토아학파 철학자. 세베루스의 아들과 마르쿠스 아우렐리우스의 장녀가 결혼했다.
17 아우렐리우스 황제가 통치하던 때에 스미르나에서 순교한 성인이다.
18 라틴계 신학자로, 성모의 동정성을 부인했다.
19 로마 집정관이자 유명한 스토아학파 철학자.
20 로마 제국 시기의 역사가이자 정치가로, 80권으로 구성된 《로마사》를 편찬했다.
21 로마 공화정 말기의 정치가로, 황제가 되려는 카이사르를 살해했다.

무릇 군주란 국민의 자유를 최고의 이상으로 삼아야 함을 알려주었다. 또한 강인한 철학적 신념이 있어야만 존경받을 수 있다는 것도 가르쳐주었다. 그는 언제나 남을 돕고 베푸는 마음으로 친구의 호의를 긍정적으로 받아들였다. 혹여 누군가가 그에게 도움을 청할 때면 언제나 솔직담백하게 대답했다. 좋고 싫음이 분명했기 때문에 친구들은 그에 대해 쓸데없는 추측을 할 필요가 없었다.

15. 나는 막시무스Maximus[22]에게서 엄격한 자기 절제와 굳건한 의지, 그리고 어떤 상황에서든 유쾌하게 생각하는 법을 배웠다. 그는 언제나 진지하면서도 친화력 있는 태도였고, 어떤 일에도 불만을 터뜨리는 법이 없었다.

사람들은 그를 언제나 말과 행동이 일치하는 믿음직스러운 사람으로 여겼고, 그 역시 어떤 일에서도 악의를 드러내거나 두려워하지 않았다. 그는 당황하지 않고 항상 여유롭고 침착하게 대응했으며 비통해하거나 억지웃음을 짓는 일도 없었다. 또한 화를 내거나 의심을 품는 법도 없었다.

그는 자비로운 마음으로 선행하곤 했으며, 한없이 성실했다. 마치 스스로 마음을 수양해서가 아니라 애초부터 올바르고 정의롭게 태어난 것처럼 느껴질 정도였다. 그의 앞에서는 그 누구도 감히 '내가 더 낫다'고 말할 수 없을 것 같았다. 그는 때때로 사람들과 여유롭게 담소를 나누기도 했다.

---

22 스토아학파 철학자. 마르쿠스 아우렐리우스가 무척 존경하던 인물이었다.

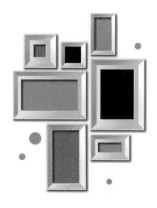

누리되 도를 넘지 말고,
절제를 고통으로 여기지 말라

16. 자애로운 아버지[23]는 매사에 심사숙고했고, 한 번 내린 결정은 굳은 의지로 반드시 실천했다. 그는 권세와 명예에 휘둘리지 않고 사랑과 정의로 일을 처리했다. 국가의 이익을 위해 허심탄회하게 남의 의견을 들을 줄 알았으며, 모든 이에게 상응하는 보답을 베풀었다. 아버지는 언제 뜻을 관철하고, 언제 관용을 베풀어야 할지를 경험으로 알고 있었다. 또한 젊음의 욕망에 휩쓸리지 않도록 가르치셨다.

---

23 아우렐리우스의 양부인 안토니누스 피우스 황제를 말한다.

하드리아누스 황제의 별장 유적지.

아버지는 결코 우쭐대는 법이 없었다. 그는 식사가 끝날 때까지 친구를 기다리게 하거나, 여행에 동행하자고 고집을 부리지도 않았다. 어쩔 수 없이 혼자 다녀오더라도 섭섭해하거나 불평하지 않았다. 또한 회의를 할 때는 모든 일에 심사숙고해 사건의 본질을 정확히 판단하고 결정했다. 친구에게 싫증을 내거나 함부로 대하는 일도 없었으며, 어떤 경우에도 차분하고 소탈한 평소 모습을 유지했다. 멀리 내다볼 줄 알았던 아버지는 사소한 일도 세심하게 처리하며 결코 잘난 척하거나 우쭐대지 않았다.

아버지가 재위할 당시에는 그 누구도 공개적으로 황제를 찬양하거나 아첨을 늘어놓지 못하도록 했다. 그리고 침식을 잊고 국사에 매달리며 국세 지출을 절약하는 데 힘썼다. 그래서 온갖 질책과 환호를 동시에 받았다. 아버지는 미신을 믿지 않았으며, 맹목적으로 명예를 좇거나 한낱 이득을 위해 세상과 영합하지도 않았다. 또한 언제나 냉철하고 강인했기에 예의를 잃거나 새로운 것에 미혹되지도 않았다.

운명의 여신이 풍요로운 삶을 주었을 때, 아버지는 기꺼이 그 행운을 누리면서도 결코 의기양양해하거나 부끄러워하지 않았다. 누릴 것은 충분히 누리되, 더는 누릴 수 없을 때도 결코 아쉬워하지 않았다. 그 누구도 아버지에게 궤변을 늘어놓거나 학문으로 농지거리한다고 비난할 수 없었다. 아버지는 아첨을 멀리하고 자기 자신, 나아가 타인도 다스릴 줄 아는 성숙하고 신실한 분이었다.

아버지는 진정한 철학가에게 깊은 존경심을 표하는 반면, 위선적인 철학가에게는 엄준하게 질책을 가했다. 또한 잘못된 길로 들어설까 항상 조심했고, 먼 곳에 있는 친구와도 유쾌하고 허심탄회하게 이야기를 나누었다. 건강에도 신경을 썼지만 지나치게 오래 살기를 바라지도 외모에 집착하지도 않았다. 그렇다고 몸을 함부로 대하는 법도 없었기에 특별히 약을 복용한 적은 별로 없었다.

특별한 재능이 있는 사람들, 예를 들어 웅변에 탁월하거나 법률·윤리학에 정통한 인재 등을 보면 시기하기는커녕 적극적으로 지원하며 능력에 상응하는 명예를 얻을 수 있도록 도와주었다. 아버지는 국가의 전통적인 체제에 섣불리 손을 대지 않고 고대 법률을 존중하고 따랐다.

아버지는 변덕을 부리거나 우물쭈물하는 법이 없었다. 무슨 일에든 전심전력을 기울여 실행했고, 결코 쓸데없이 힘을 낭비하지 않았다. 극심한 두통을 겪고도 통증이 가라앉고 나면 여느 때나 다름없이 업무에 집중했으며 특히 더욱 심혈을 기울여 일했다. 아버지에게는 남들에게 말하지 못할 비밀이 거의 없었다. 간혹 있다 하더라도 정치 부문의 비밀 사안뿐이었다. 그는 대중오락, 공공 건축 및 공금 배분 등 문제를 처리할 때 항상 사리에 맞게 행동했고 결코 허명을 좇아 일을 그르치지 않았다.

아버지는 아무 때나 목욕을 하지 않았고 대규모 토목 공사에도 흥미가 없었다. 또한 음식, 의복의 재질과 색깔, 여시종의 외모 등에도 크게 신경 쓰지 않았다. 아버지는 해변 별장 로리움Lorium[24]에서 만든 옷을 입었으며, 대부분의 생필품을 라누비움Lanuvium[25]에서 조달했다. 투스쿨룸Tusculum[26]의 세무관이 아버지에게 얼마나 면목 없어 했는지를 떠올려보면 그분의 일상생활이 어떠했는지 감히 짐작해볼 수 있다.

아버지는 결코 거칠거나 거만하지 않았으며 난처한 상황에 부딪혀 당황하거나 두려워하지도 않았다. 매사에 독립적으로 사고하며 평정심을 잃지 않았고, 사리에 맞게 용감하고 굳건히 행동했다. 사람들은 아버지가 소크라테스Socrates의 교훈과 참 잘 어울리는 분이라고 평가했다.

"누리되 도를 넘지 말고, 절제를 고통으로 여기지 말라."

보통 사람들이 많은 것을 향유하면 대개 절제하지 못하는 반면에 아버지는 욕심을 멈추고 절제할 줄 알았다. 이후 나는 병석에 누운 막시무스에게서도 이렇듯 굳건한 의지의 표상을 볼 수 있었다.

17. 신께서 내게 훌륭한 할아버지들[27]과 부모, 좋은 누이와 선생, 반려자, 친척, 친구를 보내주신 것에 감사한다. 내 천성이 다소 괴팍해 잘못을 저지를 기회가 많았음에도 자비로우신 신의 은총으로 그 누구

---

24 로마에서 서쪽 19킬로미터 떨어진 고대 마을로, 안토니누스가 어릴 적에 교육받았던 곳이다.
25 로마에서 남동쪽 32킬로미터 떨어진 고대 마을이다.
26 알반 언덕Alban Hills에 자리한 로마 도시 이름이다.
27 마르쿠스 안니우스 베루스Marcus Annius Verus II와 푸블리우스 칼비시우스 툴루스 루소Publius Calvisius Tullus Ruso를 가리킨다.

하드리아누스. 117년에서 138년까지 재위한 그는 군인이자 정치가, 학자였다. 그의 통치 시절, 로마 제국은 평화롭고 안정된 번영기를 누렸다.

와도 커다란 갈등 없이 조화롭게 지낼 수 있었다.

나는 한때 할아버지 후궁의 손에 자랐는데, 다행히 그 기간은 길지 않았고 당시의 경험 덕분에 오랫동안 청춘의 절개를 지킬 수 있었다. 적당한 때가 되기 전까지 여자를 알지 못했기에 실질적인 통치 기간이 길어진 셈이었다.

엄격한 아버지는 질책과 조언을 아끼지 않으시며 궁중 내에 호위 병사, 호화로운 옷, 횃불을 든 시종, 조각상 등의 겉치레를 없애도록 가르치셨다. 그리고 한 나라의 국왕으로서 평민과 같은 자세로 몸을 낮추어 그들과 함께 소통하되, 정무를 집행할 때는 존엄성을 잃지 않도록 가르치셨다.

또한 올바른 품성을 갖춘 형제가 곁에서 항상 나 자신을 돌아보도록 일깨워주었다. 그는 나에게 더없는 존경과 사랑을 보이며 나를 기쁘게 해주었다. 나의 자식들 역시 그리 우둔하지 않았고 별달리 아픈 곳도 없었다. 나는 다행히 수사학·시가 등의 학문에서 그리 큰 성취를 올리지 못했다. 만약 그런 분야에 재능을 보였다면 도저히 헤어나지 못했을 것이다. 나는 스승들을 가능한 한 빨리 (그들이 원하는) 고위직에 임명했다. (그들의) 나이가 어리다는 핑계로 임명을 미루거나 헛된 희망을 품도록 방치하지 않았다. 이에 아폴로니우스·루스티쿠스·막시무스를 알게 된 것은 정말 행운이었다.

자연의 법칙에 따르는 생활을 통해 나는 진실과 정의를 명확히 깨달을 수 있었다. 신의 뜻과 가호에 힘입어 자연법에 따르는 삶을 실천하게 되었지만, 아직 이상적인 경지에는 다다르지 못했다. 물론 이것은 신의 깨우침, 아니 경고를 듣지 못한 나의 불찰이다.

이렇게 오랫동안 건강하게 지내온 것도 행운이었다. 나는 베네딕타Benedicta나 테오도투스Theodotus[28]를 다시는 만나지 않았다. 이후 한차례 사랑에 빠진 적은 있지만 비교적 쉽게 헤어날 수 있었다. 또 루스티쿠스와 자주 언쟁을 벌였지만 딱히 크게 후회할 만한 행동은 하지 않았다. 어머니는 비록 일찍 돌아가셨지만 마지막 몇 해는 함께 보낼 수 있어서 참 다행이었다.

누군가가 경제적으로 어려움에 처하거나 도움이 필요할 때면 주저 없이 그들을 도와주었다. 다행히 내 수중에 돈이 떨어진 적은 없었기에 이제껏 남의 도움을 받아본 적은 없다. 그리고 운 좋게도 현명한 부인[29]을 맞이했다. 유순하고, 자애롭고, 소박한 부인은 아이들에게 정말 좋은 선생님이 되어주었다.

나는 (다른 난제를 해결했을 때처럼) 꿈속의 계시를 받아 각혈을 하

---

28 베네딕타는 로마 황제 하드리아누스의 후궁(일설에는 안토니누스의 후궁이라고 전해진다)이었고, 테오도투스는 하드리아누스가 총애했던 시종(일설에는 궁정 내의 남자 시종이라고 전해진다)이었다.
29 파우스티나Faustina. 안토니누스 황제의 딸이자 마르쿠스 아우렐리우스의 부인이다.

마르쿠스 아우렐리우스의 부인인 파우스티나. 145년에 마르쿠스와 결혼했다. 마르쿠스는 부인에게 무한한 애정과 신뢰를 보냈으며 그녀가 세상을 떠날 때까지 존경하고 사랑해 마지않았다.

고 현기증하는 증상을 치료했다. 꿈의 영험함을 경험한 카이에타Caieta 는 내게 "전하도 이렇게 해보십시오"라고 말했다. 철학에 심취했을 때도 궤변론자의 말에 현혹되거나 책상머리에 앉아 삼단논법이나 늘어놓지 않았다. 또한 오직 자연계 현상을 연구하는 데만 몰두하지도 않았다. 앞서 말한 이 모든 것은 신의 가호와 운명의 이끌림 없이는 불가능한 것이었다.

아퀸쿰Aquincum[30]에서 콰디족과의 전쟁 중에 글을 남긴다.

---

30 오늘날 헝가리 부다페스트에서 있는 로마 시대의 고대 도시를 가리킨다.

제2장

"3,000년을, 아니 3만 년을 산다고 해도 사람은 반드시 죽게 마련이다. 오래 살든 짧게 살든 누구에게나 삶은 단 한 번뿐임을 기억해야 한다. '현재'란 모든 이에게 똑같이 부여된 시간이다. 결국 잃어버린 것은 원래 당신의 것이 아니며, 상실할 수 있는 것은 그저 짧은 시간밖에 없다."

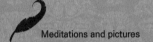

Meditations and pictures

운명의 장난 앞에서도
자연법에 따르라

1. 매일 아침 스스로 이렇게 되뇌자. "앞으로 쓸데없는 일에 참견하고 은혜를 저버리는 자, 예의를 모르고 경거망동하는 자, 사기를 치고 남을 시기하는 자, 오만하게 거드름 피우는 자를 만나게 될 것이다." 그들의 과오는 스스로 선과 악을 구분하지 못하는 데서 비롯된다. 하지만 나는 이미 고귀한 선의 미덕과 추악한 악의 본질을 알며, 내 곁에 자리한 악인의 본성도 꿰뚫어볼 수 있다. 물론 그들도 나와 같은 혈통을 물려받았기에 귀한 이성과 함께 신성한 심성을 갖추고 있다. 따라서 나는 그들에게 상처받지 않을 뿐 아니라 분노하거나 원망하지도 않

고대 로마의 성벽.

는다. 우리는 두 다리, 두 손, 눈꺼풀, 위아래 난 치아처럼 나면서부터 함께 있었으므로 서로 반감과 증오심을 느끼며 갈등을 빚는 것은 자연의 법칙에 어긋나는 것이다.

2. '나'라는 존재는 그저 한낱 살덩이, 한 줄기 숨, 그리고 모든 것을 지배하는 이성에 불과하다. 책 따위는 던져버리자! 책에 파묻혀 혼란스러워하지 말고, 마치 죽음에 이른 사람처럼 육신을 떨쳐내야 한다. 몸뚱이란 단지 몇 개의 뼈와 피, 신경과 혈관으로 이루어진 조직에 지나지 않는다. 또한 한 줄기 숨도 매번 새롭게 들고나는 공기의 흐름일 뿐이다. 그러니 남은 것은 이성뿐이다. 이미 늙은 육신이 아닌가! 이제 더는 사사로운 욕심에 이끌려 꼭두각시처럼 휘둘리지 말자. 더는 현실의 운명을 원망지도, 미래의 운명을 두려워하지도 말자.

3. 모든 것은 신의 뜻으로 충만하다. 운명의 장난 역시 자연의 법칙에 따른 것으로, 우리는 신이 계획한 울타리 안을 벗어날 수 없다. '필연성'과 '우주 전체의 섭리(당신은 그 가운데 아주 작은 일부분일 뿐이

말에 탄 마르쿠스 아우렐리우스.

다)'는 그 나름의 역할이 있으며, 전체 자연이 창조하고 추구해가는 체계는 자연의 모든 부분에 유리하도록 설계되어 있다. 우주는 변화를 통해 보존되며 원소의 변화, 나아가 원소복합체의 변화로 확대된다. 그러므로 자연법을 삶의 원칙으로 삼는다면 이 진리를 깨닫는 것만으로도 충분하다. 죽는 순간, 삶에 대한 미련을 버리고 담담히 신에게 감사할 수 있도록 책에 대한 갈망을 버리자.

4. 신께서 주신 드넓은 은혜를 제대로 받아들이지 못한 채 얼마나 오랜 시간을 지체했는가! 이제는 이 우주의 실체가 무엇인지, 우주를 주관하는 지배자가 어떤 존재인지 알아야 한다. 자신에게 부여된 시간에는 한계가 있다는 사실을 기억하자. 맑은 영혼으로 응시하지 않는다면 시간은 금세 흩어질 테고, 그대 역시 희미하게 스러질 것이다. 기회는 두 번 다시 돌아오지 않는다.[1]

---

1 아우렐리우스는 기꺼이 운명에 순응하며 자신의 책임을 다했다. 140년에 집정관 직위에 오른 그는 147년에 호민관을 역임했다. 이후 그에게는 눈부신 제국의 영광이 끊임없이 찾아왔다.

1세기에 제작된 상감화로. 로마 시대의 가정생활 모습을 보여준다.

5. 매 순간 로마인으로서, 강인한 정신을 지닌 대장부로서 무슨 일이 닥쳐도 신중하고 조심스럽게 행동할 것을 다짐하자. 자비롭고 공정하며 자유로운 정신을 간직하되 다른 잡념은 떨쳐내야 한다. 매 순간 자기 삶의 마지막을 살고 있다고 생각하면 이성에 거스르는 격정적인 감정, 허세 섞인 이기적인 자세, 데면데면한 태도, 운명에 대한 원망을 거둘 수 있을 것이다. 신과 함께하듯 평온한 삶을 사는 데는 그리 많은 것이 필요하지 않다. 신 또한 우리에게 많은 것을 요구하지 않는다는 사실을 기억하자.

6. 주변에서 벌어지는 일 때문에 혼란스러운가? 그렇다면 잠시 틈을 내어 긍정적인 사고에 집중해보자. 바깥일에 휘둘리지 않도록 유의하는 한편, 또 다른 함정에 빠지지 않도록 조심하자. 정확한 목표도 없

아리스토텔레스의 초상화(부분).

이 매 순간 충동에 따라 행동하는 것보다 어리석은 짓은 없다.

7. 남이 무슨 생각을 하는지 무관심하다고 해서 불행지지는 않는다. 하지만 자신의 마음을 들여다보지 못하는 사람은 반드시 불행해진다.

8. 이것만은 반드시 기억하자. 우주 전체의 본질은 무엇이고 나의 본질은 무엇인가? 이 둘은 어떤 관계를 맺고 있는가? 나는 어떠한 전체의 어떤 일부가 되었는가? 그대가 자연의 법칙에 따라 '말하고 행동하는 것'을 가로막는 자는 아무도 없다. 당신이 바로 자연의 일부이기 때문이다.

9. 인간의 악행을 비교·연구한(통속적인 면에서는 이러한 비교도 가능하다) 테오프라스투스Theophrastus[2]는 진정한 철학적 정신에 입각해

로마 티베르 강Tiber River 위에 자리한 천사의 성Castel Sant'Angelo. 다리 양측에 조각상이 늘어서 있다.

다음과 같이 말했다. "욕망으로 빚어진 죄는 분노로 저지른 악행보다 더욱 혐오스럽다. 분노로 이성을 잃은 자는 비통함과 함께 양심의 가책을 느끼지만, 욕망의 죄악을 저지른 자는 남자다운 절제력을 잃고 쾌감과 방종에 빠졌을 뿐이다." 그는 고통과 쾌락에 관련된 과오를 명쾌하게 비교해 설명하고 있다. 사람들은 대개 억울할 때 비통함에 젖어 분노에 이르지만, 욕망의 죄악은 스스로 초래한 것일 뿐이다.

10. 매 순간 행동하고 말하고 생각할 때, 마치 자기 인생의 마지막 순간인 것처럼 행하자. 세상을 떠날 때 신의 존재를 믿는다면 두려워할 것이 없으리라. 신이 모든 사악한 것을 물리쳐줄 것이기 때문이다. 만약 신이 존재하지 않거나 존재하되 인간사에 관여하지 않는다면, 신의 뜻도 없는 이 세계가 무슨 의미가 있겠는가? 그러나 신은 분명히 존

재하며 또한 인간 세상을 돌아본다. 그는 인간이 악의 구렁텅이에 빠지지 않도록 충분한 지혜와 힘을 부여했다. 신이 인간을 악한 길로 인도하지 않았는데 어찌 인간의 삶이 추악해지겠는가? 전체 우주 역시 인간의 죄악을 간과할 만큼 몽매하지 않기에 혹 잘못이 있더라도 이를 바로잡고 대비할 힘은 있다. 그러니 착한 사람과 악한 사람이 똑같은 대가를 받는 우둔하고도 중대한 실수는 벌어지지 않을 것이다. 하지만 삶과 죽음, 명예와 치욕, 고통과 쾌감, 부와 빈곤은 선악과 아무런 관련이 없다. 누구에게나 찾아오는 이런 과정은 결코 수치스럽거나 치욕스러운 일이 아니다. 따라서 선도 악도 아닌 것이다.

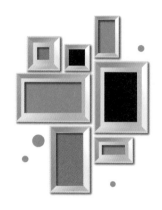

빼앗길 수 있는 것은
오로지 현재밖에 없다

11. 세상 만물은 얼마나 빨리 스러지는가! 만물의 형체는 우주의 '영원한 시간' 속에 금세 잊히고 만다. 우리는 더없는 쾌락, 지독한 고통 또는 흠모를 자아내던 허영심이 얼마나 무가치하고 천박하며 옹졸한지 지혜의 눈으로 깨달아야 한다. 말재간에 능해 명성을 쌓은 자들은 과연 어떤 사람들인가? 죽음이란 결국 무엇인가? 이성의 눈을 통해 허황된 공포심을 떨쳐낸 후에 보면, 죽음이란 다만 자연의 일부에 지나지 않음을 알 수 있다. 자연의 법칙에 겁을 집어먹는 자는 단지 철없는 어린아이일 뿐이다. 우리는 자연의 순환 과정과 더불어 자연법

안토니누스 신전. 23년 동안 재위한 안토니누스는 대규모 토목 공사에 별로 관심이 없었다. 하지만 141년에 젊은 아내 파우스티나가 세상을 떠나자 로마 광장에 그녀를 위한 신전을 건축했다.

의 유익함을 알아야 한다. 아울러 인간과 신이 어떻게 접촉하는지 이해하면 결국 인간은 죽음을 통해 신과 소통할 수 있다는 사실을 깨닫게 된다.

12. 세상만사를 모조리 탐구하려는 사람만큼 가련하고 불행한 사람은 없다. 어느 시인[3]의 말처럼 "땅 밑까지 파헤쳐 연구"하고 남의 마음속까지 기웃거리는 사람들이 있다. 하지만 이들은 정작 자신의 영혼을 깨닫고 받드는 방법은 전혀 알지 못한다. 여기서 '받든다'는 말은 자신의 정신을 '열정', '경솔함' 혹은 신이나 인간 때문에 초래된 '불만'에 더럽히지 않고 순수하게 유지한다는 의미다. 무릇 신의 뜻은 존경할 만한 가치가 있고 인간의 정의는 사랑받을 만한 가치가 있다. 또한 인

---

3 핀다로스Pindar를 가리킨다.

노예 역할을 맡은 배우가 쓰던 가면.

간은 때때로 선악을 구분할 줄 모르기에 (이는 흑백을 분별하지 못하는 것과 마찬가지로 치명적인 결함이다) 동정받아 마땅하다.

13. 3,000년을, 아니 3만 년을 산다고 해도 사람은 반드시 죽게 마련이다. 오래 살든 짧게 살든 누구에게나 삶은 단 한 번뿐이라는 사실을 기억하자. '현재'란 모든 이에게 똑같이 부여된 시간이다. 결국 잃어버린 것은 원래 당신의 것이 아니며, 상실할 수 있는 것은 그저 짧은 시간밖에 없다. 그러니 다음 두 가지를 기억하자. 첫째, 자고로 세상 만물은 모두 같은 뿌리에서 생겨나 거듭 반복해서 재탄생하는 것일 뿐이다. 그러므로 100년, 200년 혹은 영원한 시간을 두고 보더라도 모든 것은 아무런 차이가 없다. 둘째, 장수하는 사람이나 요절하는 사람 모두 결국에는 같은 처지다. 우리가 빼앗길 수 있는 것은 오로지 '현재'밖에 없다. 사실, 인간이 가진 것이라고는 현재밖에 없지 않은가? 누구든 가지지도 못한 것을 빼앗길 수는 없는 법이다.

로마의 트레비 분수.

14. "모든 사물은 우리의 견해에 따라 결정된다." 냉소주의자 모무스Monimus[4]가 남긴 이 말에서 (합리적인 범위에서) 진정한 가치와 교훈을 찾는다면, 위 판단의 의미와 효용을 명확히 깨달을 수 있을 것이다.

15. 첫째, 자신을 불필요한 우주의 찌꺼기로 여기는 것만큼 영혼을 타락시키는 행위는 없다. 원망을 품는 마음은 자연에 거스르는 행동이다. 세상 만물은 모두 자연의 일부에 지나지 않기 때문이다. 둘째, 누군가를 질시하고 심지어 해치려는 의도를 품는 것도 영혼이 타락했다는 증거에 해당한다. 대개 분노에 가득 찬 사람들이 이러한 양상을 보

---

4 디오게네스Diogenes와 기원전 4세기의 견유학파인 크라테스Crates의 제자. 모든 의식은 의견일 뿐이라고 주장했다.

고대 로마에 시간을 계산하는 도구. 당시 로마 시대에는 계절에 상관없이 낮을 열두 시간으로 정해놓았다.

인다. 셋째, 쾌락이나 고통에 휘둘리는 경우다. 넷째, 거짓 가면을 쓴 채 가식적인 언행을 보이는 경우다. 다섯째, 아무런 목표 없이 무슨 일에든 경솔하고 가볍게 행동하는 경우도 마찬가지다. 이들은 사소한 일에도 심사숙고해야 한다는 것을 전혀 알지 못한다. 반면에 이성적인 사람은 근본적인 조직 형태, 즉 우주의 이성과 법칙을 파악함으로써 최종적인 목표로 나아간다.

16. 인생이란 그저 한순간의 점에 불과하다. 삶은 끊임없이 변화하며, 이에 대한 깨달음 역시 모호하기 그지없다. 육신은 쉬이 썩어 없어지고 영혼은 혼돈의 소용돌이에 휩쓸린다. 운명은 전혀 예측할 수 없으며 영예와 명성 역시 앞날을 단정할 수 없다. 다시 말해 육체의 실체는 강줄기로 흘러가는 물과 같고, 영혼의 실체는 한낱 꿈이나 구름과 다름없다. 인생은 전쟁과 기도의 길을 지나는 여정이며, 사후의 명성은 금세 잊히게 마련이다. 그렇다면 삶에서 우리를 인도할 수 있는 힘은 대체 무엇인가? 오로지 하나, 철학뿐이다. 즉, 내면의 정신을 순수

부상당한 갈리아 전사. 땅바닥에 주저앉은 남자가 고개를 숙인 채 굳은 표정으로 고통을 참고 있다. 오른손으로 바닥을 지탱하고 왼쪽 무릎을 구부린 채 다시 일어서려는 모습이다. 당시 갈리아인은 로마인의 강력한 적수였다.

하게 유지함으로써 환락과 고통을 다스릴 수 있다. 목적 없이, 깨달음 없이 행동하지 말고 남의 행동 혹은 의지에 휘둘리지 말자. 한 발 나아가 생성되는 사물의 본질과 필연적인 운명을 받아들이자. 모든 실체는 우리와 같은 뿌리에서 뻗어나온 것이다. 그러므로 기꺼운 마음으로 죽음을 기다리며 모든 생명체의 본질이 같음을 깨닫자. 죽음이란 사물의 본질이 해체되는 과정일 뿐이다. 한 물체가 또 다른 물체로 변화해가는 과정이 뭐가 그리 두려운가? 세상 만물의 변화와 붕괴는 자연의 법칙에 따르는 과정이며, 자연법은 결코 악하지 않다.

– 카르눈툼Carnuntum[5]에서 기록하다.

---

5   마르쿠스 아우렐리우스가 살았던 고대 로마의 군사기지다.

제3장

"인류 공통의 이익에 관한 것이 아니라면 쓸데없이 남의 일에 참견해 인
생을 낭비하지 말자. 그러다가는 다른 일을 그르칠 수 있다. 누가 무슨 일
을 하는지, 왜 하는지, 뭐라고 말했는지, 무슨 생각을 하는지, 계획이 무
엇인지 등에 신경쓰다보면 도리어 자신을 다스리는 이성적인 관념을 놓
쳐버릴 수 있다."

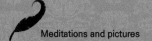
Meditations and pictures

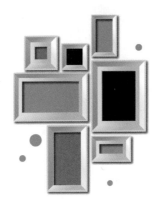

육체는 스러져도
영혼은 스러지지 않는다

1. 단지 하루하루 생명이 스러져가고 남은 날들이 많지 않다는 사실만 기억해서는 곤란하다. 만약 더 오래 산다고 할 때, 우리가 사실을 이해하고 사색하는 능력도 그대로 유지될까? 사실 100살 노인이 되더라도 호흡과 소화기능, 사고력 및 기타 욕망에는 변함이 없다. 그러나 전심전력을 기울이는 힘, 부여된 직무를 정확하게 이행하는 힘, 주변의 모든 사안을 상세하게 분별하는 힘, 삶을 마무리해야 할 시기를 판

스토아학파의 대철학자 제논.

단하는 힘[1] 등 탁월한 사고 능력이 필
요한 사안의 실행력은 이미 현저히 떨
어진 상태다. 그러므로 신속히 앞을 향
해 나아가야 한다. 우리는 시시각각 죽
음을 향해 다가가고 있으며 본인의 이
해력과 지각 능력 역시 서서히 사라져
가기 때문이다.

2. 아울러 유의해야 할 것이 있다. 자연의 법칙에 따라 일어나는 현
상은 대개 미묘하고도 매혹적이다. 예를 들어 빵을 구울 때는 빵 겉면
에 약간의 균열이 일어나는데, 이는 제빵사가 의도한 바는 아니지만
그 나름대로 독특한 풍미를 자아내며 식욕을 돋우는 효과를 낸다. 또
잘 익어 쩍 갈라진 무화과, 알맞게 영글어 떨어지기 직전인 올리브도
색다른 아름다움을 선사한다. 고개 숙인 벼이삭, 불쑥 튀어나온 사자
의 미간, 입가에 거품을 머금은 멧돼지 등 그 자체로는 결코 아름답지
않은 광경도 자연의 일부일 때는 무척 미묘한 멋을 자랑한다.

이처럼 우주의 움직임 하나하나를 예리한 감각으로 통찰해본다면
매우 즐겁고도 감동스러운 경험을 할 수 있다. 야수의 쩍 벌린 아가리
를 보며 마치 화가나 조각가의 작품을 마주할 때의 기쁨을 느끼고, 노
인의 노련하고 세련된 몸짓을 보면서 젊은 남녀에게 뿜어져 나오는 사

---

1 자살을 의미한다. 스토아학파는 "인간은 자살할 권리가 있다"는 신념을 표방했다. 스토아학파의 대철
학자 제논Zeno과 클레안테스Cleanthes 모두 자살로 사망했다.

고대 아테네의 명의名醫이자 서양 의학의 시조인 히포크라테스 Hippocrates. 학문을 연구하기 위해 코스Kos 섬을 떠나 아테네로 왔다. 그는 의학적 치료법을 깔보는 미신 활동에 반대하며 "간질병은 하느님이 내리신 것이 아니라 유전적인 대뇌 활동 교란으로 발병하는 것이다"라는 내용의 원고를 발표했다.

랑스러운 매력을 찾을 수 있다. 물론 모든 사람이 이런 예상 밖의 매력을 느끼는 것은 아니다. 그러나 자연 및 그 작품을 진정으로 이해하는 사람이라면 분명히 깊은 감동과 기쁨을 느낄 수 있을 것이다.

3. 수많은 이의 병을 치료해준 히포크라테스는 결국 그 자신도 병에 걸려 죽었다. 수많은 사람의 죽음을 예견한 칼다이오족Chaldaioi의 점성술사도 정작 자기 운명의 굴레에서는 벗어나지 못했다. 숱한 전쟁터에서 엄청난 수의 기병과 보병을 무찌르고 수많은 도시를 전복시킨 알렉산더Alexander[2]·폼페이우스Pompeius·카이사르Caesar[3] 모두 결국에는 세상과 작별을 고했다. 헤라클레이토스Heraclitus[4]는 언젠가 불타 없어질 세계에 대해 고심을 거듭했지만, 정작 자신은 수종에 걸려 온몸에 소똥

---

2 마케도니아의 국왕으로, 용감하고 호전적인 인물이다.
3 폼페이우스와 카이사르는 고대 로마의 장군으로 각기 삼두 정치의 핵심 인물이었다. 카이사르가 로마의 독재자였다는 설도 있다.
4 헤라클레이토스는 고대 그리스의 철학자로, 에베소Ephesus학파를 창시했다.

카이사르.

을 덕지덕지 바른 채 죽어갔다. 데모크리토스Democritus[5]는 이[蝨] 때문에 죽었고, 소크라테스는 또 다른 해충(사악한 인간) 때문에 죽음을 맞이했다. 그렇다면 이것은 무엇을 의미할까? 그대는 이미 돛을 올려 출범했고 드디어 육지[6]에 다다랐다. 그러니 이제 뭍[7]에 오르자. 또 다른 생애를 시작하는 그곳에도 분명히 신은 존재할 것이다. 만약 온전히 무지하고 무감각한 상태라면 고통이나 쾌락을 겪을 필요도, 육체를 노예로 삼을 필요도 없으리라. 육신은 노예보다 더욱 하찮고 비천하다. 결국 하나(정신)는 지혜와 신성한 이성, 또 다른 하나(육체)는 부패하기 쉬운 흙더미에 불과할 뿐이다.

4. 인류 공통의 이익에 관한 것이 아니라면 쓸데없이 남의 일에 참견해 인생을 낭비하지 말자. 그러다가는 다른 일을 그르칠 수 있다. 누가 무슨 일을 하는지, 왜 하는지, 뭐라고 말했는지, 무슨 생각을 하는지, 계획이 무엇인지 등에 신경을 쓰다보면 도리어 자신을 다스리는 이성적인 관념을 놓칠 수 있다.

그러니 쓸데없이 혼란스러운 생각, 특히 지나친 호기심과 사악한

---

5 원자학설을 제창한 데모크리토스는 '웃는 철학자Laughing Philosopher'라는 별명이 있었다. 다른 문헌에서는 아직 그가 이 때문에 죽었다는 내용은 찾아볼 수 없다.
6 고대 이집트에서 사용하던 완곡한 표현으로, 죽음을 가리킨다.
7 역시 죽음을 가리킨다.

순행에 나선 알렉산더가 커다란 통 속에 누워 햇볕을 쬐는 디오게네스를 만났다. 세계를 제패한 제왕은 "나는 알렉산더 대제다"라고 스스로를 소개했다. 그런데 철학자는 여전히 통 속에 누운 채 "나는 개[犬] 디오게네스요"라고 대답했다.[8] 알렉산더 대제는 곧 경건한 어투로 물었다. "선생을 도울 일이 있겠소?" 그러자 철학자가 대답했다. "있소, 거기 햇볕을 가리지 않도록 좀 비켜주오." 그 대답에 알렉산더는 감탄을 금치 못했다고 한다. "내가 알렉산더만 아니었다면 디오게네스처럼 살련만."

의도는 지워야 한다. 대신에 항상 심사숙고하는 습관을 들이자. 혹여 누군가가 "무슨 생각을 하고 있습니까?"라고 물어도 곧바로 "나는 이 러저러한 생각을 하고 있습니다"라고 담담히 말할 수 있어야 한다. 이 때에는 욕망에 사로잡힌 상상, 경쟁심, 질투심, 의혹 또는 수치스러 운 사념 대신 솔직담백하고 우호적인 속내를 드러낼 수 있도록 해야 한다.

실제로 타락을 경계하는 사람은 신의 제사장과 마찬가지로, 내면의

---

8 디오게네스는 고대 아테네 견유학파犬儒學派, 즉 키니코스학파Cynics의 창립자로, 스스로를 개라고 불렀다.

폼페이우스. 귀족 가문에서 태어나 고대 로마의 군사 통치가 겸 정치가로 활동했다. 자신을 알렉산더 대제에 비견할 만큼 자신만 만했다. 크라수스Crassus. 카이사르와 더불어 '제1차 삼두 동맹'을 맺은 후 로마 정국을 좌지우지했다. 기원전 53년에 크라수스가 사망하자 동맹은 와해되기 시작했다. 기원전 50년에 원로원과 연 합해 카이사르를 몰아붙이며 공화정치 체제를 지원했고 카이사르 가 법률을 위반하고 원로원의 명령에 불복한다는 구실로 카이사 르 축출 법안을 통과시켰다. 기원전 49년 1월에 카이사르가 로마 로 진군하자 그는 군사를 이끌고 아테네로 퇴각했다. 이듬해에 카 이사르에게 대패하고 이집트로 도망쳤지만 파라오의 측근에게 살 해되었다.

신성한 이성을 통해 자신을 수양한다. 그는 쾌락에 더럽혀지거나 고통 혹은 치욕에 굴복하지 않고 모든 사악한 것에 저항하는 숭고한 전사戰 士다. 그래서 감정에 휘둘리는 대신 깊은 정의감으로 운명을 기꺼이 받 아들인다. 그는 반드시 필요하거나 공공의 이익에 관련되는 경우 외에 는 남의 행동과 생각에 간섭하는 일이 없다. 자신과 관계되는 범위에 서만 남의 생활에 관여하며, 그것도 "우주 전체에서 내게 부여된 일부" 라 여기며 끊임없이 고심한다. 자신의 행동에 최선을 다하되, 운명을 정당하게 받아들이는 그는 누구나 각자에게 주어진 운명이 있다고 믿 는다.

그는 이성의 무리를 따르고 올바른 인성을 갖춘 사람들을 좇는다. 모든 사람의 의견을 들을 필요는 없지만 엄격한 자연법을 따르는 이들 은 존중할 필요가 있다. 하지만 생활 규범이 엉망인 사람들에 대해서 는 '집 밖에서의 행동이 어떠한가? 밤과 낮 생활은 어떠한가? 어떤 죄 악을 저지르는가? 어떤 사람들과 어울리는가?' 등에 항상 주의를 기울 여야 한다. 물론 자신도 인정하지 않는 자들이 내뱉는 찬사에는 전혀

미트라다테스Mithradates가 황소의 목에 비수를 꽂고 있다. 제물로 바치는 황소의 피는 (페르시아Persia의 신을 신봉하던 신도에게) 삶과 죽음을 의미한다.

신경 쓸 필요가 없다.

5. 이기적이고 경솔하며 본심에 어긋나는 행동은 하지 말아야 한다. 생각을 화려하게 포장하거나 쓸데없는 말과 행동도 삼가야 한다. 그 대신 대장부답게, 어른스럽게, 정치가답게, 로마인답게, 통치자답게 삶을 다스려야 한다. 언제나 의연한 마음으로 조용히 명령을 기다리되, 신의 부름을 받으면 담담히 인생길에서 물러나자. 이때는 그 어떤 선서도, 누군가의 증언도 필요하지 않다. 또한 남의 도움이나 위로도 바라서는 안 된다. 타인의 부축을 받지 말고 반드시 스스로 일어서자.

6. 삶에서 정의·진리·절제·용기보다 탁월한 것을 찾게 된다면 즉,

신랄한 비판 의식과 명철한 지략을 갖춘 소크라테스는 아테네의 수많은 적과 사사건건 부딪혔다. 그러나 이성으로 옳고 그름을 통찰했던 그는 수많은 추종자를 거느렸고 서양 철학의 발전에 새로운 전기를 마련한 것으로 평가받는다.

이성과 운명을 따름으로써 얻는 내면의 만족감보다 더 나은 것이 있다면 곧바로 그 가치에 집중해 한껏 즐기자!

그러나 내면의 명철한 이성을 넘어서는 가치, 온갖 욕망을 정복할 수 있는 가치, 소크라테스의 말처럼 유혹에 흔들리지 않고 신을 경외할 수 있는 가치, 대중을 사랑할 수 있는 가치……. 이보다 나은 것이 없다면, 절대로 위의 미덕을 포기하지 말자. 혹여 다른 일에 힘을 쏟아 잘못된 길로 들어선다면 앞서 말한 선한 가치에 전심전력을 기울일 수가 없다. 대중의 찬사, 권력, 재력, 쾌락 등이 이성과 정치적 이익에 견줄 만하더라도 그것은 결코 바람직하지 않다. 처음 얼마 동안은 유쾌하겠지만 우리 자신은 곧바로 욕망의 노예로 전락할 것이다.

그러니 바로 지금, 가장 고귀한 가치를 선택해 이를 굳게 지켜내자. 혹자는 자신에게 유익한 재능이 가장 고귀하다고 말한다. 우리는 이성을 갖춘 인간으로서 자신에게 유리한 가치를 굳세게 지켜내야 한다. 반면에 지극히 동물적인 존재들은 위의 모든 가치를 과감히 내팽개치고도 자신의 판단이 전혀 틀리지 않았다며 거드름을 피울 것이다.

소크라테스의 죽음.

카를 폰 필로티Karl von Piloty가 그린 알렉산더의 죽음. 알렉산더는 재차 아라비아Arabia 출정에 나섰을 때 전염병에 걸려 사망했다. 숨을 거두기 전에 친구들이 "왕위를 누구에게 넘겨주겠는가?"라고 묻자 그는 다음과 같이 대답했다. "가장 탁월한 사람에게 주겠네. 아마도 그대들은 내 장례식에서 치열한 전투를 벌이겠지." 과연, 알렉산더 사후에 그의 '탁월한 친구들'은 곧바로 왕위 쟁탈전을 벌이며 서로 죽고 죽였다.

7. 약속을 깨거나 명예를 실추시키는 행동, 미움과 의심 혹은 저주의 마음을 품게 하는 사람, 음침한 쾌락으로 이끄는 욕망 등이 유익하다고 생각하지 말라. 지혜롭고 이성적인 사람은 결코 비극을 자초하거나 고통에 신음하지 않는다. 또한 쓸데없는 고독에 시달리거나 번잡스러운 혼란에 빠져들지도 않는다.

그는 육체에 깃든 정신이 오래 머물든 짧게 머물든 별로 개의치 않는다. 언제든 속세를 떠날 준비가 되어 있어 마치 일상적인 일처럼 담담하게 죽음을 맞이할 것이다. 그의 평생에 관심사라고는 단지 자신이 '이성적인 인간, 훌륭한 시민으로서 모범을 보였는가' 하는 것뿐이다.

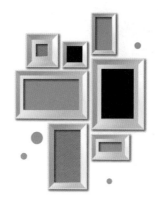

단순하고 유쾌하게
오늘을 누리자

8. 절제되고 순화된 마음을 갖춘 자는 사악하거나 부패한 의도 혹은 숨은 상처 등이 없다. 또한 고요히 죽음에 이르기 전까지는 (마치 비극에 출연한 배우가 대사도 마치지 못한 채 황급히 무대를 내려가는 것처럼) 갑작스레 삶을 마감하는 일도 없다. 노예근성이나 자만심이 없는 것은 물론이고 남에게 의존하거나 남을 멀리하는 일도 없다. 물론 누군가에게 추궁을 당할 일도, 숨어 있을 필요도 없다.

9. 독자적인 의견을 창조해내는 자신의 능력을 존중해야 한다. 이성

극작가 아이스킬로스Aischulos는 작품을 통해 신이 만든 세계 질서의 공정성을 실증했다. 그는 이렇게 기록했다. "신께서 나를 깨닫게 하셨다. 지혜는 고통 속에서 얻어지는 법이다."

적인 판단을 내릴 때는 독창적인 의견을 낼 수 있어야 자연법과 이성적 본성에 어긋나는 결정을 피할 수 있다. 또한 동료 간의 우애를 중시하고 신에 대한 존경심을 품을 수 있게 된다.

10. 다른 것은 모두 잊어도 다음의 지혜만은 꼭 간직하자. 인생이란 단지 지금 이 순간에만 존재할 뿐, 나머지는 이미 지나갔거나 영원히 오지 않을 것이다. 삶이란 실로 보잘것없으며 우리가 머무는 공간역시 비좁은 구석자리에 지나지 않는다. 앞으로 전해질 일신의 명예도초라하기는 마찬가지다. 이른바 명예란 사람들의 입에서 입으로 전해질 테지만 말을 전하는 사람 역시 곧 죽음을 맞이할 것이다. 그 후, 자기 자신에 대해서도 알지 못하는 가련한 자들이 이미 죽어버린 사람에게 관심이 있겠는가?

11. 앞서 말한 것 외에 한 가지를 더 기억하자. "어떤 사물과 마주하게 되면 그에 대한 정의를 내리거나 상황을 기술함으로써 대상의 진면

한 사람이 비웃는 표정을 한 가면을 쓰고 술에 취한 젊은이를 도와주고 있다. 시끌벅적한 연회가 끝난 후 그는 비틀거리는 젊은이의 집을 찾아주고, 또 다른 사람은 그들을 위해 쌍피리를 연주하고 있다. 고대 로마 시대 희극의 한 장면이다.

목을 명확하게 파악해야 한다." 그러고 나서는 그것이 어떤 사물인지, 무엇으로 구성되어 있는지, 앞으로 어떻게 변할지 마음속에 그려보아야 한다.

드높은 이상과 포부를 기르려면 삶에서 마주치는 모든 사안에 대해 명확하고 체계적으로 연구해야 한다. 그래서 우주의 실체가 무엇인지, 현재의 사건이 우주에 어떠한 영향을 미치는지, 인간에게 어떤 가치가 있는지 면밀하게 탐구해야 한다. 또한 인류, 나아가 최고 국가의 일원[9]인 나에게 영향을 미치는 사물의 본질은 무엇인가, 그것은 무엇으로 구성되어 있는가, 얼마 동안이나 지속될 것인가, 나에게 어떠한

---

9 스토아학파 철학자는 "전체 우주는 하나의 국가이며 모든 인류는 그 안의 시민이다. 그러므로 모두 우주의 이성을 받들어야 한다"고 여겼다.

로마인의 일상생활을 표현한 상감화.

도구 제조업자 겸 상인인 크닐리우 아티미투스Cniliu
Atimitus가 손님에게 도구를 보여주고 있다.

미덕(예를 들어, 겸손·용기·진실·충성·믿음·만족 등)을 이끌어내는지
등을 알아야 한다. 당신은 어떤 경우에든 "이것은 신이 정한 것이다.
즉, 운명의 흐름에 따른 우연한 인연이다"라고 말해야 한다. 비록 동
료·친척·이웃이 우리의 본성에 어울리는 것이 무엇인지 잘 알지 못하
더라도 항상 공정하고 신실하게 우호적인 관계를 맺어야 한다. 이 밖
에 선하지도 악하지도 않은 것에 대해서는 그 실질적인 가치를 정확히
파악하는 데 집중해야 한다.

12. 일을 할 때는 명철한 이성에 따라 용감하고 성실하게, 여유롭고
침착하게 내면의 순수한 정신을 유지해야 한다. 마치 순간순간을 신
에게 바치는 것처럼 말이다. 두려워하거나 회피하지 말고 자연에 따라
현재에만 집중하자. 말 한마디 행동 하나에 진심을 담는다면 삶은 분
명히 행복해질 것이다. 누구도 우리의 앞길을 막을 수는 없다.

로마인은 대개 직업에 자부심을 느끼며 살아갔다. 그림에 새겨진 글에 "파피리우스 란지디누스Papirius Rangidinus는 지금 육체노동에 열심히 몰두하고 있다"라고 쓰여 있다.

13. 의사들이 응급 상황에 대비해 항시 수술 도구를 준비하듯이 우리도 인간, 그리고 신과의 갈등을 해결하기 위해 항상 명확한 원칙을 정해두어야 한다. 아무리 사소한 일이라도 양측의 관계를 충분히 이해하는 것이 중요하다. 신과의 관계를 저버린 다음에는 그 어떤 인간관계도 조화롭게 이끌 수 없고, 이는 반대의 경우도 마찬가지다.

14. 내키는 대로 행동하지 말자. 그렇게 되면 나의 차기箚記[10]나 고대 그리스 로마의 기록, 나아가 노년에 읽으려고 준비해둔 숱한 저작도 읽을 수 없게 된다. 목표를 향해 나아가되, 자신을 귀하게 여기자. 헛된 망념을 버리고 아직 힘이 남아 있을 때 자기 자신을 구하자!

---

10 본서를 지칭하는 것으로 보인다. 차기는 독서로 얻은 생각이나 견문 따위를 수시로 기록한 글을 의미한다.

한 남자의 허벅지에 박힌 화살을 족집게로 빼내고 있다. 당시 족집게는 의료 기구로 광범위하게 쓰였다.

네로가 통치하던 시기에 통용되던 화폐다. 동전에는 그의 어머니 아그리피나Agrippina와 사이좋게 서 있는 네로가 새겨져 있다. 훗날 아그리피나는 네로의 손에 목숨을 잃었다.

15. 사람들은 '도둑질, 씨 뿌리기, 구매하기, 침묵'이라는 단어 속에 얼마나 다양한 뜻이 있는지 알지 못한다. '무슨 일을 해야 할지'는 눈으로 보아 알 수 있는 것이 아니다. 이는 전혀 다른 종류의 시각(통찰력)이 필요하다.

16. 육체와 영혼과 지혜! 감각은 육체에 속하고, 욕망은 영혼에 속하며, 진리는 지혜에 속한다. 감각으로 얻는 느낌에 의존한다면 오히려 소들(가축)이 더욱 뛰어날 것이다. 끝없는 욕망에 꼭두각시처럼 이끌려 다니는 자는 야수나 미동美童[11], 팔라리스Phalaris[12], 네로[13]와 다를 바가 없다. 반면에 '이성(지혜)에 따라 자기 본분을 향해 나아가는 책

---

11 원문에는 남성 매춘부pathics라고 적혀 있다. 성인 남자가 성관계를 위해 노예로 부리던 소년을 뜻한다.
12 시실리의 폭군 팔라리스는 노예를 산 채로 불태워 죽인 잔악함으로 악명이 높다.
13 고대 로마제국의 황제. 초창기에는 자애롭고 지혜로운 통치자였으나 59년 이후로 갑자기 난폭하게 돌변했다.

역사 문헌에는 다음과 같은 기록이 전해진다. "어머니를 계승한 네로는 이후 어머니를 잔인하게 살해했다. 그는 누이를 강간하고 로마의 열두 개 거리를 모두 불태웠으며 세네카마저 처형했다. 라테란Lateran[14]에서는 청개구리를 토해내고 성 베드로Saint Peter를 십자가에 못 박아 죽였으며 성 바울Saint Paul의 목을 베었다. 13년 7개월 동안 로마를 통치했으나 결국 비참하게 생을 마감했다."

임'은 신을 믿지 않는 자, 조국을 배반한 자, 온갖 악행을 일삼는 자에게도 똑같이 주어진다.

이 같은 책무는 모든 이에게 동일하게 부여되나 뛰어난 자들은 여기서 남다른 특징을 보인다. 바로 운명이 지워준 모든 것을 기꺼운 마음으로 받아들이는 것이다. 이들은 수많은 잡념과 번뇌로 마음을 어지럽히지 않고 평정심과 침착함을 유지한다. 그리고 말을 함부로 하거나 사악한 행동을 하지도 않는다. 혹여 남들이 그의 단순하고도 소박한, 유쾌한 삶을 믿어주지 않더라도 결코 화를 내거나 불만을 토로하지 않는다. 대신 담담한 태도와 안정되고 순수한 마음으로 자신의 삶을 향해 나아간다. 그는 언제라도 담담히 인생을 떠날 준비를 하고 있으며 언제나 주어진 운명을 있는 그대로 받아들인다.

14　로마 교황의 궁전을 뜻한다.

제4장

"세찬 파도가 끊임없이 밀어닥쳐도 꿋꿋하게 버티고 서 있는 저 바위를 닮아야 한다. 그러면 사방에서 솟구치는 파도도 곧 잠잠해지리라. '아! 이런 일이 닥치다니, 난 왜 이렇게 운이 없을까!'라고 말하는 대신 이렇게 말하보자. '난 행운아야. 이런 일을 겪고도 상처 하나 입지 않았다. 이젠 결코 현실에 무너지거나 미래를 두려워하지 않겠다.'"

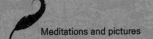
Meditations and pictures

목표 없이
행하지 말라

1. 우리의 내면이 자연의 법칙을 따른다면 눈앞의 모든 일에 자연스럽게 적응할 수 있을 것이다. 이때는 어떠한 조건(물질)도 필요하지 않으며, 그저 침착하고 여유롭게 대응하면 된다. 물론 숭고한 목표를 추구할 때는 일부 제한이 따르기도 한다. 하지만 어떤 장애물을 만나더라도 결국에는 그 시련의 본질까지 변화시킬 힘이 생겨난다. 무언가를 불 속에 던져 넣으면 결국 불과 합치되는 것처럼 말이다. 작은 불은 곧 꺼지겠지만, 활활 타오르는 큰불은 주변의 모든 것을 삼켜 점점 더 치열하게 타오르게 마련이다.

2. 명확한 목표 없이 일을 행하지 말고 인생이라는 예술의 아름다운 원칙을 깨뜨리지도 마라.

3. 시골이나 해변, 산속에 묻혀 사는 사람들을 바라보며 그들과 같은 삶을 꿈꾸었던 적이 있을 것이다. 하지만 이것이야말로 지극히 범속한 욕심일 뿐이다. 당신은 언제든 자기 내면으로 침잠해 들어갈 수 있지 않은가? 자기 자신의 영혼 속보다 고요하고 안정된 은신처는 없다. 특히 생각이 깊은 사람은 그저 정신을 집중하는 것만으로도 마음의 평안을 얻을 수 있다. 마음의 평안이란 곧 '잘 정돈되어 질서정연하다'는 의미다. 이 마음속 은둔법을 충분히 활용하면 언제든 새롭게 태어날 수 있다. 내면의 목표를 간결하고 명쾌하게 간직해 복잡하고 혼란스러운 번뇌를 털어버리자. 그러면 같은 사물을 보고도 더는 화내거나 불평하지 않을 수 있다.

당신은 무엇에 분노하는가? 인간의 본성의 사악함에 분노하는가? 그렇다면 속으로 다음과 같이 되뇌어보자. '이성적인 동물은 서로 돕기 위해 살아가며, 인내심도 정의로움에 속한다. 잘못을 저지른 것이 그의 본심은 아닐 것이다. 과거에 숱한 의심·질투·원한, 심지어 살기마저 품었던 이들도 결국 한 줌의 재와 먼지로 스러지지 않았는가?' 이런 생각에 다다르면 아마 분노는 눈 녹듯 사라질 것이다. 전체 우주 속에서 당신에게 부여된 역할이 불만인가? 우주의 섭리는 '범신론'과 '원자론'으로 해석할 수 있는데, 어느 쪽이든 "우주는 국가 조직과 같다"라고 판단한다. 육신의 고통이 발목을 잡아끄는가? 그렇다면 인간의 영혼(이성)은 현실 생활의 평안 혹은 고통과는 아무런 관련이 없

오른쪽의 늙은 점쟁이 여자가 무언가를 중얼거리자 곁에 앉은 두 여자가 초조한 듯 그녀를 바라보고 있다. 로마인은 삶 속에 무언가 신비로운 힘이 존재하며 술법을 통해 자신의 운명이나 상대의 기운을 바꿀 수 있다고 믿었다. 그들은 운세를 점치는 것 외에도 원한을 품은 상대에게 저주를 거는 의식 등을 행했다.

음을 깨닫자.

따분하기 그지없는 명예 때문에 마음이 편치 않은가? 하지만 세상 만사란 얼마나 빨리 사라지고 잊히는가! 과거와 미래는 한낱 공허한 시간일 뿐이며 찬사의 미사여구도 허망하기 그지없다. 우리에게 존경을 바치는 이들 역시 얼마나 어리석고 변덕스러운가! 점 하나에 불과한 우주 전체에서 우리가 발 디딘 곳은 얼마나 작고 협소한가! 그 안에 대체 몇 명이나 있을 것이며, 특히 당신을 찬양하는 자는 또 얼마나 있겠는가?

그러니 이제부터는 자기 자신의 세계로 시선을 돌리자. 긴장하거나 조급해하지 말고 인격을 갖춘 한 인간으로서, 시민으로서 대담하고 여유롭게 삶을 받아들이자. 이와 함께 다음 두 가지 진리를 항상 기억해야 한다. 첫째, 객관적인 사물은 영혼에까지 이르지 못하므로 항상 고요하게 바깥에 두어야 한다. 번뇌란 내면의 혼란에서 일어나는 법이다. 둘째, 눈앞의 세상은 순식간에 변화하며 곧 소멸할 것이다. 그러므로 당신이 행하는 수많은 일도 부단히 변화한다는 사실을 기억하자.

아우구스투스Augustus[2]의 부인인 리비아Livia가 소유한 별장 내부의 정원 전경. 잘 익은 과일이 주렁주렁 달려 있는 아름다운 광경은 아우구스투스 시대의 풍요로움과 다산, 로마인의 자연에 대한 열정을 나타낸다.

"우주는 변화하는 것이며 인생은 주관적인 것이다."[1]

4. 우리 모두 공통의 지성을 소유한다면 그것은 누구나 이성적인 존재로 살아갈 수 있다는 의미이기도 하다. 즉, 누가 옳고 그른지 판단할 이성을 갖춘 셈이다. 또 모두 같은 공민公民으로서 공통의 법칙을 따르며 동등한 구성원으로 살아가게 된다. 결국 우주는 하나의 국가(도시)나 다름없는 것이다. (인류 전체로 구성된 조직이 국가 외에 또 무엇이 있겠는가?) 우리는 공동의 국가에서 지성·이성·법률의 가치를 누린다. 만약 국가가 아니라면 대체 어디서 얻을 수 있는가? 육신의 흙은 흙에서, 물은 물에서, 바람은 바람에서, 불은 불에서 얻는다. 어떤 것도 무無에서 탄생할 수 없으며 또한 무로 돌아갈 수 없다. 그러니 지성도 우

1　피타고라스Pythagoras학파 철학자인 데모크라테스Democrates는 "인생은 주관적인 것이다"라는 격언을 남겼다.
2　로마 제1대 황제.

포도 껍질을 벗기는 노동자들. 한 명은 포도가 가득 든 광주리를 이고 오고, 다른 두 명은 손을 맞잡은 채 얕은 통 속에 든 포도송이를 밟고 있다. 노동자들이 지혜롭게 협력하는 모습을 볼 수 있다.

리 가운데 존재하고 있는 것이 분명하다.

5. 죽음은 삶과 마찬가지로 자연의 신비로움에 속한다. 몇몇 원소의 결합 조직이 또 다른 원소로 분해되는 과정은 결코 수치스러운 일이 아니다. 또한 인간의 이성적 본질에 어긋나거나 인생의 법칙에 모순되는 일도 아니다.

6. 반드시 행동하는 대로 결과를 얻는 법이다. 그러니 이런 행동을 해놓고 저런 결과를 원한다는 것은 마치 무화과나무에서 쓰디쓴 즙을 구하는 것이나 다름없다. 그리고 어떤 상황에서든 나를 비롯한 모든 사람은 곧 죽음을 맞이할 것이며, 오래지 않아 그 찬란했던 명성도 완전히 사라진다는 사실을 반드시 기억해두자.

7. '상처받았다'라는 생각을 버리면 어느덧 상처받았던 마음도 사라

한 여자가 식당 손님에게 술을 대접하고 있고, 그 옆에는 개 한 마리가 음식을 구걸하고 있다. 여주인은 (로마인의 입맛에 맞추기 위해) 종종 술에 물을 넣고 희석시켜서 난로에 술잔을 데워주었다.

질 것이다. 생각을 버리면 상처는 곧 사라지게 마련이다.

8. 스스로 받아들이지 않는 한, 그 누구도 당신의 육체와 삶을 타락시키고 내적 혹은 외적인 상처를 입힐 수 없다.

9. 공동의 이익에 부합하는 것들(사물)은 반드시 그렇게 행해야 한다는 본질이 있다.

10. 세상의 모든 일은 정당하고 합당한 이유에서 일어난다는 점을 기억하자. 조금만 세심히 주의를 기울여보면 이 말이 거짓이 아님을 알 수 있다. 세상만사는 뿌리부터 줄기, 꽃, 과실이 나는 법칙처럼 논리 정연한 질서에 따라 일어난다. 또한 각자에게 부여된 본분만큼 공정하고 합당하게 분배된다. 이 점을 명심한다면 어떤 일이 닥쳐도 선하고 정당하게 행동할 수 있다. 행동하는 순간마다 이 원칙을 기억하자.

위 그림은 한 농부가 신전 옆을 지나가는 모습이다. 제단 가운데에 놓인 과일은 여신에 대한 숭배를 표하는 제물이다. 아래 그림은 집안의 신전을 보여주는 유화다. 가신家神의 좌우에서 수호신 두 명이 춤을 추고 있다. 그들의 발밑에는 번식을 상징하는 독사가 눈에 띈다.

11. 당신을 해치려는 사람들의 생각 혹은 그들이 당신에게 바라는 마음을 품어서는 안 된다. 언제나 사물의 현재 상황 및 본질에 근거해 세상을 판단하자.

12. 언제나 다음 두 가지에 대비해야 한다. 첫째, 모든 것을 주관하는 이성의 명령에 따라 인류에게 유익한 일을 실행할 준비를 갖추어야 한다. 둘째, 어리석음을 바로잡아주는 사람이 있다면 언제라도 자신의 주장을 굽힐 줄 알아야 한다. 단, 이러한 변화는 정의 혹은 공공의 이익에 기반을 두고 있어야 한다. 잠시라도 일시적인 쾌락이나 명예욕에 사로잡혀 비틀거려서는 안 된다.

13. 당신에게는 이성이 있는가? 나는 있다. 그렇다면 왜 그것을 사용하지 않는가? 이성만 제대로 발휘할 수 있다면 다른 무엇이 더 필요하겠는가?

14. 당신은 우주 전체의 일부분으로, 어딘가에서 나타나 또 어디론가 사라질 존재다. 즉, 한차례 변화를 경험하고 나서 창조주의 이성 속으로 되돌아가는 것이다.

15. 성스러운 제단 위로 수많은 향의 잿가루가 떨어진다. 어떤 것은 빨리, 어떤 것은 느리게 떨어지지만 결국에는 아무런 차이가 없다.

16. 만약 당신이 자신과의 약속을 지키고 이성을 존중한다면, 지금 당신을 야수나 원숭이처럼 보는 사람들도 채 열흘이 지나지 않아 당신을 신처럼 모실 것이다.

17. 마치 천년만년 살 것처럼 행동하지 말라. 삶은 짧고도 짧은 것이다. 아직 살아 있을 때, 그리고 아직 늦지 않았을 때 좋은 사람이 되어야 한다.

18. 남의 말이나 행동에 신경을 쓰는 대신 자신의 행동이 옳은지 여부를 따지는 사람이 더욱 풍요로운 인생을 살 수 있다! 좋은 사람은 남의 흠을 들추는 대신 곁눈질하지 않고 오로지 목표를 향해 돌진하는 법이다.

19. 사후의 명성에 집착하는 사람은 자신을 기억해주는 사람, 나아가 자기 자신도 곧 죽으리라는 생각을 하지 못한다. 그러나 그들의 후손들도 곧 세상을 떠날 테고 결국 그에 대한 기억은 완전히 사라질 것

기원전 4세기에 에트루리아Etruria가 그린 상처 입은 키마이라Chimaera. 그리스 신화에 등장하는 키마이라는 모습이 기괴하고 성격은 난폭하고 잔인하다. 머리는 사자, 몸통은 산양, 꼬리는 거대한 뱀의 형태를 띠고 있으며, 등에는 또 다른 산양의 머리가 달려 있다.

이다. 돌고 도는 세월 속에 활활 타오르던 불빛은 마침내 사그라지고 만다. 설령 기억이 영원히 남는다고 해도 그것이 무슨 소용인가? 죽은 자에게 찬란한 명성 따위는 아무런 의미도 없다. 그렇다고 산 자에게 '어떤 목적을 이루는 수단'도 아니라면 대체 명성이 무슨 소용이 있겠는가? 따라서 하늘이 주신 천성을 거역한 채 남의 말에나 온 신경을 쏟는 것은 참으로 어리석은 짓이다.

20. 아름다운 것(사물)은 아무런 평가 없어도 그 자체로 아름답다. 외부의 찬사란 미의 본질을 더욱 좋게 혹은 나쁘게 만들지 못하는 그저 실체의 일부분에 지나지 않는다. 이 원칙은 사람들이 아름답다고 여기는 사물, 예를 들어 물질적인 것들 혹은 예술품에도 똑같이 적용

4세기에 제작된 은반으로, 고대 금속 부조 예술품 가운데 가장 정교하고 아름다운 작품으로 손꼽힌다. 은반 가운데는 바다의 신의 머리 형상이 있고 그 주변을 해양 생물들이 빙 둘러싸고 있다. 바깥 테두리에는 숲의 신과 여시종이 술의 신에게 제사를 지내는 모습이 새겨져 있다.

된다. 그렇다면 진정한 아름다움에도 찬사가 필요할까? 물론 아니다. 아름다움에는 규범·진리·사랑·겸손 외에 그 어떤 것도 필요치 않다. 과연 찬사를 받는다고 아름다워지고 비판을 받는다고 추악해질까? 결코 아니다! 사람들이 에메랄드에 감탄하지 않는다고 해서 그 가치가 사라지는 것은 아니지 않은가? 황금, 상아, 자줏빛 겉옷, 하프, 단검, 꽃, 앉은뱅이 나무가 찬사를 받지 못한다고 해서 그 아름다움이 사라지겠는가?

21. 육신이 스러진 후에도 영혼이 불멸한다면 (수많은 세월이 흐른 뒤) 허공에는 얼마나 많은 영혼이 떠돌아다닐까? 또 대지에는 얼마나 많은 시신이 묻혀 있을까? 그러나 일정 시간이 지나면 육신은 부패해 뒷사람에게 자리를 마련해주고, 허공의 영혼 역시 변화하고 분해되어 불[火]로 변화한다. 즉, 그들은 우주 창조의 근원적인 형태로 되돌아감으로써 후세에 자리를 마련해주는 것이다. 이렇게 해서 우리는 육체의 소멸 이후 영혼의 행방에 대해 답을 얻는다.

그러나 매일같이 파묻는 수많은 시신 외에도 우리가 먹어 치우는 혹은 다른 동물에게 먹히는 생물체에 대해서도 고려해보자. 얼마나 많은 수의 동물이 포식 동물에게 잡아먹히는가! 그들은 추모를 받기는커녕 곧바로 피로 변했다가 공기와 불로 변한다.

그렇다면 우리는 이 문제에서 어떻게 진리를 찾아낼 수 있을까? 답은 바로 '물질적인 것'과 '형식적인 것'을 구분하는 데서 얻을 수 있다.

22. 자기주장 없이 남의 의견에 휩쓸리지 말자. 매 순간에 올바르고 당당하게 처신해야 한다. 그리고 어떤 일에 부딪힐 때마다 반드시 명철하게 본질을 파악하자.

23. 우주여, 그대와 조화로운 것은 나와도 조화롭나니! 그대에게 적당한 시간이라면 나에게도 너무 이르거나 늦지 않으리라! 자연이여, 그대가 선사하는 각 계절은 내게 값지고 풍요로운 과실이오! 그대의 품에서 나서 존재한 것은 다시 그대의 품안으로 돌아갈 것이오. 혹자는 이렇게 말했다. "사랑하는 케크롭스Cecrops의 도시여!"[3] 그렇다면 그대는 "아, 사랑하는 제우스Zeus의 도시여!"라고 말하지 않겠는가?

24. 어느 철학자[4]는 이렇게 말했다. "마음의 평화를 원한다면 적게 일하라." 하지만 그 대신 "꼭 필요한 일, 즉 우주의 일원으로서 이성이 요구하는 일을 하라"고 말하는 편이 더 낫지 않을까? 일은 단지 줄이는 것뿐 아니라 꼭 필요한 일을 하는 것만으로도 마음의 평화를 얻을

---

3   케크롭스는 전설 속에 등장하는 최초의 아테네 국왕이다. '케크롭스의 도시'는 아테네 성을 의미한다.
4   유물론 철학자인 데모크리투스Democritus를 지칭한다.

수 있다. 말과 행동에서 불필요한 것을 줄이면 골치 아픈 고민을 덜 뿐
아니라 더 많은 여유를 누릴 수 있다. 그러니 항상 스스로에게 물어보
자. "이것이 혹시 불필요한 일은 아닐까?" 이와 더불어 쓸데없는 상념
도 떨쳐내야 한다. 헛된 생각을 줄여야 불필요한 행동을 막을 수 있기
때문이다.

25. 좋은 사람이 되기 위해 노력하는 한편 우주가 정해준 역할을 기
꺼이 받아들이자. 자신의 행동은 정당한가? 진실한 마음을 품고 있는
가? 기분은 만족스러운가? 자신의 모습을 찬찬히 되돌아보자.

26. 이미 다른 것을 충분히 고려했다면 이제는 이 문제에 집중해보
자! 즉, 숱한 고민과 걱정거리를 떨치고 소박하고 간단하게 살기 위해
노력하는 것이다. 누군가가 당신을 괴롭히는가? 그것은 상대가 자기
자신에게 상처를 입히는 것이나 다름없다. 어떤 곤란한 일에 부딪혔는

트라야누스Traianus[5]의 공적을 기린 원기둥. 서아시아 성곽을 공격하는 로마 병사가 묘사되어 있다.

가? 그래도 괜찮다. 당신에게 벌어진 모든 일은 애초부터 우주 전체가 정해준 당신의 역할이기 때문이다. 인생은 짧다. 그러므로 명철한 이성과 올바른 정의를 좇아 현재를 향유하라. 단, 긴장을 풀어놓을 때라도 결코 제멋대로 행동해서는 안 된다.

27. 우주에는 세상 만물이 정확한 질서에 따라 배치되어 있다. 즉, 언뜻 혼란스럽게 보일지는 몰라도 전혀 무질서한 것이 아니다. 만약 우주에 질서가 없다면 어떻게 마음속 균형(질서)을 잡을 수 있겠는가? 어지러이 흩어진 사물도 서로 긴밀한 관련을 맺고 있나니, 어찌 우주가 무질서하다고 말할 수 있겠는가?

---

5 로마제국의 13대 황제로, 군사 원정에 적극적이었다.

28. 사악한 성격, 유약한 성격, 완고한 성격이여! 무자비하고, 포악하고, 유치하고, 우둔하고, 가식적이고, 교활하고, 탐욕스럽고, 난폭한 자여!

29. 우주 내부의 실체를 전혀 알지 못하는 사람을 '외부인'이라고 한다면, 우주에서 일어나는 일을 전혀 알지 못하는 사람 역시 외부인이라고 할 수 있다. 이들은 우주의 법칙 밖에 존재하는 자(수감자), 지혜의 눈으로 보지 못하는 자(맹인), 타인에게 의존해 스스로 삶을 꾸리지 못하는 자(걸인)다. 현실에 불만을 품고 "우주의 공통적인 이성"을 거부한 이들은 우주의 혹이나 다름없다. 이성적인 주체에서 영혼을 떼어낸 자 또한 우주 전체의 골칫덩이라고 할 수 있다.

30. 어느 철학자는 옷을 제대로 입지 못했고 또 어떤 이는 책이 한 권도 없었다. 심지어 반쯤 벌거벗은 채 다닌 철학자도 있었다. 그는 "굶어 죽기 직전이지만 그래도 이성만은 굳건히 지니고 있다"라고 말했다. 이에 나는 이렇게 말하려 한다. "학문에서 뭔가 대단한 것을 얻지 못했지만 그래도 이 신념을 굳건히 지킬 것이다."

31. 당신이 배운 기술과 예술이 아무리 비천하더라도 그것을 귀중하게 여기라. 오만하고 방자한 독불장군 혹은 노예처럼 비굴한 태도로 여생을 보내는 대신 온 마음으로 신을 받들어 모신다.

기나긴 명예도
찰나에 불과하다

32. 베스파시아누스Vespasianus[6] 황제 시대를 회상해보자. 당시에도 사람들은 결혼을 하고, 아이를 낳고, 병에 걸리고, 전쟁하고, 쾌락을 즐기고, 장사를 하고, 농사짓고, 남에게 아첨하고, 허풍을 떨고, 의심하고, 음모를 꾸미고, 누군가에게 저주를 퍼붓고, 운명을 탓하고, 사랑하고, 돈을 모으고, 집정관 또는 왕이 되기를 꿈꾸었다. 하지만 오늘날 그 어디에서도 그들의 흔적을 찾아볼 수 없다. 트라야누스 황제가 통치했던 시대도 마찬가지다. 과거의 삶은 이미 모두 사라진 것이다. 역

---

6 로마 제9대 황제. 네로가 자살한 이후에 탁월한 정치를 펼쳐 로마 정권을 다시 평화의 반석 위에 올려 놓았다.

베스파시아누스.

사상 어느 시대 혹은 국가를 막론하고 과거의 기억은 이미 재가 되어 흩어졌다. 그러니 '지난날에 헛된 명예를 좇으며 본분을 지키지 못했던 이들'을 떠올려보자. 무릇 어떤 행위를 추구할 때는 반드시 합당한 가치관에 부합하도록 주의를 기울여야 한다. 불필요한 일에 지나치게 정신을 빼앗기지 않아야 자신에게 떳떳할 수 있기 때문이다.

33. 오늘날에는 과거에 쓰던 문구나 표현을 더는 사용하지 않는다. 이와 마찬가지로 역사 속에서 찬사를 받던 이름도 이제는 퇴색해버린 지 오래다. 카밀루스Camillus[7], 케소Caeso[8], 볼레수스Volesus[9], 덴타투스Dentatus[10], 스키피오Scipio[11], 카토, 아우구스투스, 그리고 하드리아누스, 안토니누스Antoninus[12] 등 이미 전설이 되어버린 이름들은 얼마 후면 모두 잊히고 말 것이다. 한때 찬란한 영광을 상징했던 이들은 숨을 거두

자마자 세상의 기억에서 멀어졌다. "눈에서 멀어지면 마음도 멀어지는 법"이니. 이른바 '빛이 바라지 않는 명예'란 대체 무엇인가? 그것은 사실상 완전한 허상에 불과하다. 그렇다면 우리는 무엇을 추구해야 하는가? 오직 정의롭게 생각하고, 사심 없이 행동하고, 거짓을 멀리하는 것뿐이다. 또한 모든 사건을 하나의 원천에서 솟아나오는 필연적인 운명으로 겸허히 받아들여야 한다.

34. 자신의 운명을 기꺼이 클로토Clotho[13]에게 바치고, 그녀가 운명의 실을 잣도록 온전히 내맡겨야 한다.

35. 기억하는 자와 기억되는 자는 모두 하루살이에 불과하다.

36. 세상 만물은 변화를 통해 새롭게 탈바꿈한다는 것을 기억하자. 우주는 현재의 사물을 변화시키고 새로운 현상을 창조하는 데 능하다. 현존하는 사물은 미래를 탄생시키는 씨앗과 다름없다. 씨앗이 오로지 토양 혹은 자궁에만 뿌려지는 것이라고 생각한다면 그것은 너무도 비철학적인 견해다.

37. 그대는 곧 죽음을 맞이할 것이다. 그런데도 여전히 근심과 걱정을 떨치지 못한 채 외부의 영향에서 벗어나지 못하고 있다. 또한 대중과 눈을 맞추며 소박하고 소탈하게 살지도 못했다. 지혜와 정의를 깊

---

13 생명의 실을 잣는 운명의 여신.

이 이해하는 것이야말로 진정한 삶의 가치다.

38. 인류의 행동을 다스리는 이성에 대해 깊이 생각해보자. 철학자들이 추구해야 할 것과 피해야 할 것이 무엇인지도 고찰해보자.

39. 그대가 생각하는 악惡은 다른 사람의 마음속에 존재하는 것도, 외부 환경의 변화에 기인하는 것도 아니다. 그렇다면 악은 대체 어디서 생겨나는 것일까? 그것은 당신 자신의 판단에서 비롯된다. 그러

정교한 갑옷을 입은 아우구스투스. 갑옷 윗면에 그가 이룬 승리와 성취에 대해 기록되어 있다. 천하를 통일한 제왕의 기품이 느껴진다.

니 '이것이 악이다'라는 생각만 버리면 모든 문제는 사라지게 마련이다. 사실 우리의 판단력은 가련한 육체의 조종을 받기 쉽다. 하지만 육신이 찢기고 불타올라도 혹은 고름으로 가득 차더라도 결코 함부로 판단하지 말자. 다시 말해, 세상일은 선한 사람과 악한 사람 모두에게 평등하게 일어나므로 이를 섣불리 '선하다 또는 악하다'라고 속단할 수 없다. 자연의 법칙에 순응하는 사람과 이를 거부하는 사람에게 모두 똑같이 일어나는 문제라면, 이를 자연법에 합당한지 여부로 판단할 수

없는 법이다.

40. 우주를 단 하나의 본질과 영혼이 있는 살아 있는 존재라고 생각하자. 세상 만물은 이 유일한 동기에서 야기하며, 이 유일한 지각으로 귀결된다. 현존하는 모든 사물은 향후 발생하는 모든 사건의 원인이다. 한 가닥의 실이 얽히고설켜 거미줄 같은 짜임을 만들어내는 것이다.

41. 에픽테투스는 정곡을 찌르는 말을 남겼다. "그대는 시체를 끌고 다니는 보잘 것없는 영혼일 뿐이다."

아우구스투스에게 커다란 영향을 미쳤던 부인 리비아의 조각상. 전통적인 여성을 형상화했다.

42. 세상 만물이 변화한다는 사실을 악으로 볼 수는 없다. 변화의 결과로서 존재하는 일부 사물을 모두 선으로 볼 수 없는 것과 마찬가지다.

43. 시간은 마치 한 줄기 강처럼 무한한 변화의 가능성을 담고 있다. 막 근사한 것을 발견했을 때 그것은 곧바로 사라지지 않던가? 새로운 발견을 했을 때도 그 실체는 이미 종적을 감추기 일쑤다.

44. 세상의 모든 일은 마치 봄에 장미꽃이 피고 여름에 과일이 열리

트라야누스 기념탑에 나타난 부조 작품. 무장한 군사들이 선박으로 연결한 배다리를 건너고 있다. 당시 사병들은 행군하는 중에 무기 외에도 약 55킬로그램이 되는 장비를 휴대해야 했다. 이런 우스꽝스러운 조치 탓에 14년에 군대 내부에서 수차례 군사 반란이 일어났다. 이때 나이 많은 게르만 예비역 병사들은 게르마니쿠스Germanicus에게 "이런 고통스러운 짐"을 벗게 해달라고 간청했다.

는 것처럼 매우 익숙하고 당연한 것이다. 이 법칙은 병·노화·죽음·비방·사기를 비롯해 멍청이를 기쁘게 혹은 괴롭게 하는 모든 사건에 똑같이 적용된다.

45. 미래는 과거와 밀접한 관련을 맺고 있다. 하나의 축에서 파생되는 일련의 사건은 각기 다른 개별적인 사안이라기보다 필연적인 관계를 맺고 있는 이성적인 조합이다. 이미 일어난 사건은 현재의 조화로운 질서 속에 어우러진 것이고, 앞으로 일어날 사건도 이와 마찬가지다. 즉, 과거의 특성을 이어받을 뿐 아니라 기존의 사건과도 미묘한 관계를 맺는 셈이다.

46. 헤라클레이토스의 말을 가슴 깊이 새기자. "흙이 죽으면 물이 되고, 물이 죽으면 공기가 되고, 공기가 죽으면 불이 된다. 이렇듯 순환은 끝없이 반복된다." "나아갈 방향을 알지 못하는 여행자(사람)는

트라야누스의 공적을 기리기 위해 세워놓은 기둥의 모습이다.

자신과 가장 밀접한 관계를 맺고 있는 힘(우주 전체의 이성을 총괄하는 에너지)과 항상 마찰을 빚는다." 우리는 "꿈에 취해 있는 사람처럼 말하거나 행동하면 안 된다." 또한 "아버지를 따라하는 어린이"처럼 굴어서도 안 된다. 즉, "아버지가 이렇게 하라고 시켰다"라는 핑계 뒤에 숨어서는 안 된다.

47. 갑작스레 신이 나타나 "당신은 내일 죽을 것이다. 무슨 일이 있어도 모레는 맞이할 수 없으리라"고 말한다면 어떻게 할 것인가? 지독한 멍청이가 아니고는 내일 죽으나 모레 죽으나 별로 중요하지 않을 것이다. 내일이나 모레나 별 차이가 없지 않은가! 그러니 내일 죽든 몇 년 후에 죽든 별로 대수롭지 않은 것처럼 받아들이자!

48. 미간을 찌푸리며 환자를 굽어보던 수많은 의사는 결국 세상을 떠났고, 타인의 사망 일자를 예언했던 점성술사 역시 하나둘 죽음을

따뜻한 품속에 아이를 안고 있는 보모. 당시에는 모유를 먹일 수 없거나 모유 수유를 싫어하는 여성 혹은 보모만 우유병을 사용했다.

맞이했다. 죽음과 불멸에 대해 기나긴 토론을 벌이던 철학자도 조용히 생애를 마쳤고, 적군 수천 명을 무찌른 위대한 군인도 마침내 세상을 등졌다. 마치 자신은 영원히 살 것처럼 포악무도하게 권력을 휘두르던 폭군 역시 끝내 눈을 감았다. 또한 헬리케Helike[14]·폼페이Pompeii[15]·헤르쿨라네움Herculaneum[16]을 비롯한 수많은 도시도 오늘날에 이르러서는 종말을 고하지 않았던가!

하나하나가 연이어 죽음을 맞이하는 현상을 제대로 직시하자. 누군가가 그에게 작별을 고하면 곧 그 자신도 쓰러진다. 그래서 또 다른 친구에게 작별을 고하면 상대 역시 곧 쓰러져 죽음을 맞이한다. 고작 몇 년 만에 이 모든 일이 발생하는 것이다. 모든 생명이 얼마나 짧은 순간에 나고 지는지, 얼마나 덧없고 미천한지를 기억하자. 어제의 침 한 방

---

14 고대 그리스의 아카이아Achaea에 있는 도시 헬리케는 기원전 373년에 수몰되었다.
15 폼페이는 79년에 베수비오 화산이 폭발할 당시 화산재에 묻혀 멸망했다.
16 베수비오 화산 근처에 자리한 헤르쿨라네움도 79년 화산 폭발 당시 화산재에 매몰되었다.

화산재에 뒤덮인 폼페이Pompeii 고성.

울이 내일에는 순식간에 잿가루로 변하고 만다. 그러니 우리에게 부여된 짧은 시간 동안 자연의 법칙에 순응하며 유쾌하고 담담하게 인생여정의 끝을 준비하자. 마치 잘 익은 올리브가 땅에 떨어지듯이 발밑 대지의 관대함에 감탄하고 자신을 키워준 만물에 감사하자.

49. 세찬 파도가 끊임없이 밀어닥쳐도 꿋꿋하게 버티고 서 있는 저 바위를 닮아야 한다. 그러면 사방에서 솟구치는 파도도 곧 잠잠해지리라.

"아! 이런 일이 닥치다니, 나는 왜 이렇게 운이 없을까!"라고 말하는 대신 다음과 같이 말해보자. "난 행운아다. 이런 일을 겪고도 상처 하나 입지 않았으니 말이다. 이젠 결코 현실에 무너지거나 미래를 두려워하지도 않겠다." 불행은 누구에게나 닥치게 마련이지만 모든 이가 그 상처와 고통을 감당해내는 것은 아니다. 그렇다면 왜 그것을 불행이라 여기는가? 이를 행운으로 받아들일 수는 없는가? 진정 눈앞에 벌어진 불행 때문에 인간 본연의 품성을 잃었는가? 혹시 의지가 꺾인 탓

베수비오Vesuvius 화산.

에 인성人性이 피폐해진 것은 아닌가? 아직도 눈앞의 불행 때문에 정의·품위·순결·지성·경계심·정직·겸손·자유 등의 가치를 실현하지 못했다고 생각하는가? 하지만 앞으로 어떤 일로 상처를 받더라도 이 말은 절대로 잊지 말자. "세상에 불행한 일이란 없다. 용기를 가지고 잘 견뎌내면 불행도 행운이 되는 법이다."

50. 죽음의 공포를 극복할 수 있는 방법이 있다. 비록 상당히 철학적이지는 않으나 나름대로 매우 효과적인 방안이다. 즉, 과거에 아주 건장하게 장수를 누린 사람들을 떠올려보는 것이다. 그들은 과연 단명한 사람들보다 무엇이 더 나은가? 카디시아누스Cadicianus[17]와 파비우스Fabius, 율리아누스Julianus[18], 레피두스Lepidus[19] 등은 남의 장례를 치러준

17　장수한 사람 혹은 장수를 열망한 사람을 일컫는다. 카디시아누스의 일생에 대해서는 알려진 바가 없다..
18　파비우스와 율리아누스 역시 장수한 사람 혹은 장수를 열망한 사람을 일컫는다.
19　고대 로마에서 삼두 정치를 이끌었던 자를 지칭하는 듯하다. 그는 불로장생을 꿈꾸었다고 한다.

폼페이 발굴.

후 결국 자신도 땅속에 묻혔다. 어떻게 보면 인생을 길게 혹은 짧게 사
는 것은 그다지 큰 의미가 없다. 그보다는 과연 인생을 얼마나 치열하
게 살았는가, 얼마나 많은 고뇌로 번민했는가, 어떤 반려자를 만났는
가, 그리고 결국 어떻게 끝을 맞이했는가가 더 중요하다. 그러므로 앞
으로 다가올 미래를 직시하고 끝없는 영원을 향해 나아가자. 영원의
시간 속에서는 사흘밖에 살지 못한 갓난아이나 3대에 걸쳐 장수한 네
스토르Nestor[20]나 어차피 다 똑같기 때문이다.

51. 지름길을 통해 나아가야 한다. 가장 빨리 도달하는 길이 곧 자
연의 길이며, 이를 따라가야 가장 평온한 삶에 이를 수 있다. 가능한
한 번뇌와 경쟁을 피하고 헛된 기교와 허영심을 멀리하자.

---

20 그리스가 트로이Troy와 전쟁을 벌일 당시 지휘관이었다. 당시 네스토르는 지휘관 가운데 최고 연장자였다.

제5장

"우주에서 가장 아름다운 것을 귀하게 여기자. 그것은 바로 만물을 통해 전체를 통제하는 법칙이다. 이와 마찬가지로 내면의 진귀한 것을 소중히 여겨야 한다. 이것 역시 앞서 말한 법칙과 상응한다. 당신 안에는 만물을 통제하는 힘이 내재되어 있고, 당신의 삶 또한 그 힘의 통제를 받고 있다."

Meditations and pictures

비판이나 부추김에
흔들리지 말자

1. 날이 밝았는데도 이불 밖으로 나오기 싫을 때면 다음과 같이 생각해보자. "사람답게 살려면 일어나야 한다." 특별한 사명을 완수하기 위해 태어난 내가 일을 두고 불만을 토로할 수 있겠는가? 내가 이불 속의 온기를 느끼려고 태어난 것은 아니지 않은가? "하지만 이불 속이 더 편안한걸." 그렇다면 당신은 순간의 쾌락을 위해 존재하는가? 잠시 자기 자신에게 '나는 적극적인 사람인가, 수동적인 사람인가'를 물어보자. 보잘것없는 식물과 새, 개미, 거미, 꿀벌조차 우주의 질서에 따라 맡은 바 최선을 다해 열심히 살아간다. 그런데 당신은 인간으로서

쾌락을 표현한 벽화. 그림 속의 일부 남성들이 일부러 꾸물대고 있다. 체면을 차리는 여성과 아이들이 자리를 떠나고 나면 고급 창녀들과 실컷 즐길 수 있기 때문이다.

의 직무를 거부하려고 하는가? 자연이 내린 삶의 본분을 따르려 하지 않는 것인가? "하지만 휴식도 필요하잖소." 물론 맞는 말이다. 하지만 자연의 법칙에도 한계가 있는 법, 당신은 이미 충분한 휴식을 취했다. 일은 어떻게든 덜어보려고 하면서 휴식을 취할 때는 어찌 그리 열성적인가?

그렇다면 당신은 자기 자신을 사랑하는 것이 아니다. 자신을 사랑한다면 자신의 본성과 그 본성에 따르는 삶을 지켜야 한다. 무릇 자기 일을 사랑하는 사람은 침식도 잊고 일에 몰두하게 마련이다. 당신은 조각가가 조각하듯, 무용수가 춤추듯, 구두쇠가 돈을 아끼듯, 허영심에 가득 찬 사람이 명예를 좇듯 자신의 본성을 존중하는가? 사람은 누구나 좋아하는 일에 온 정성을 쏟으며 최선을 다한다. 그런데 당신의 눈에는 '사회 활동'이 관심을 기울일 만한 가치가 없어 보이는가?

2. 짜증이 나거나 화가 나는 마음을 말끔히 털어버리고 평온한 마음

104

휘황찬란한 무대 막을 표현한 벽화. 고대 로마의 극장에는 성대하고
화려한 무대 장치가 마련되어 있었다.

으로 안정을 취하자. 이 얼마나 소중한 휴식인가!

3. 자연의 법칙에 따르는 언행을 가치 있게 여기되, 남의 비판이나
부추김에 흔들리지 말아야 한다. 값진 말과 행동을 실천할 때는 소신
에 따라 자신감을 가져야 한다. 남들이 제각기 자기 의견을 말하며 충
동질하더라도 절대로 옆을 돌아보지 말고 앞으로만 나아가자. 자신의
본성에 따르는 것이 곧 우주의 법칙을 따르는 길이다.

4. 나는 마침내 스러져 영원의 휴식을 취하는 날까지 자연의 본성에
따를 것이다. 내 마지막 숨이 허공에 흩어지는 순간, 아버지에게 씨앗
을, 어머니에게 피를, 유모에게 젖을 주었던 대지 위로 쓰러지리라. 인
간이 그토록 제멋대로 짓밟고 유린했음에도 관대한 대지는 여전히 나
를 살게 해주었다.

5. 당신에게는 남들의 감탄을 자아낼 만큼 탁월한 재주가 없을지도 모른다. 하지만 수많은 인간 본연의 자질만은 "원래부터 없다"라고 발뺌할 수가 없다. 그러니 성실함·존엄성·인내심·자제력 등의 미덕을 가다듬고 실천하자. 불평하지 말고, 스스로 만족할 줄 알며, 독립적이고 검소한 동시에 차분하고 겸손해야 한다. 타고난 결함이 있다느니 성격에 맞지 않다느니, 온갖 핑계를 대는 대신 다양한 미덕을 고양하기 위해 노력하자. 과연 도저히 어쩔 수 없어서 불평불만을 늘어놓고, 탐욕으로 타락하고, 비굴하게 아첨하고, 불안한 것인가? 인간은 원래부터 그와 같이 타고난 것일까? 결코 아니다! 당신은 이미 모든 굴레에서 벗어날 수 있었다. 다만 현실을 직시하지 못하고 행동이 느렸을 뿐이다. 그러므로 지금이라도 굼뜬 습관을 고치기 위해 끊임없이 연습하고 자기 자신을 갈고 닦자.

6. 남에게 은혜를 베풀면서 보답을 바라는 사람이 있다. 혹은 그런 생각까지는 하지 않더라도 마음속 깊이 "난 좋은 일을 했고 저 사람은 내게 빚을 졌다"라며 옛일을 곱씹는 사람도 있다. 그런가 하면 이와 반대로 자신의 선행에 전혀 신경을 쓰지 않는 사람이 있다. 마치 포도송이를 맺은 포도나무가 아무런 대가를 바라지 않는 것처럼, 기나긴 코스를 완주한 말처럼, 사냥감을 뒤쫓는 사냥개처럼, 꿀을 가득 모아둔 꿀벌처럼 말이다. 그들은 자신의 선행을 떠벌리지 않고 그저 묵묵히 다음 단계로 나아갈 뿐이다. 이듬해 여름이 되면 포도나무는 또다시 알알이 잘 여문 포도송이를 맺는다.

"그렇다면 우리도 전혀 아무렇지 않은 듯 그렇게 일해야 하는 것인

판테온Pantheon은 하드리아누스 황제가 로마의 모든 신에게 바친 신전이다. 미켈란젤로는 이를 "천사의 설계"라고 극찬했다. 고대 로마 건축물 가운데 보존 상태가 가장 좋고 후대에 큰 영향을 미친 걸작 건축물로 손꼽힌다.

가?" 그렇다! 대신 당신이 지금 하는 일에 대해 정확히 통찰해야 한다. 상대에게 진정한 호의를 베풀려면 자신의 선의가 실질적인 도움이 되는지 반드시 알아야 하기 때문이다. "그것은 상대에게 자신이 하는 일을 알아달라는 것이나 마찬가지잖소." 물론 그 말도 일리는 있다. 하지만 그대는 내 말을 오해한 탓에 앞서 말한 그런 부류의 사람들처럼 행동하려 한다. 언뜻 보기에는 논리적이고 명확한 듯하지만 실제로는 샛길로 잘못 들어선 것이다. 반면에 내 말의 진정한 가치를 이해하게 된다면 혹여 '유익한 일을 소홀히 하는 잘못된 길로 들지 않을까' 우려할 필요가 없다.

7. 아테네인은 이렇게 기도를 올린다. "친애하는 제우스 신이시여, 아테네의 논밭과 대지에 비를 내려주소서!" 기도란 아예 하지 않는 것이 낫지만, 하려거든 이렇게 소박하고 간결해야 한다.

8. "아이스쿨라피우스Aesculapius[1]는 일찍이 누군가에게는 승마를, 다른 이에게는 냉수욕을, 또 다른 사람에게는 맨발로 걸어 다니라는 처방을 내렸다"는 이야기가 전해진다. 이처럼 우주의 법칙도 각기 다른 사람들에게 질병을 주거나, 사지가 불구가 되도록 하거나 또는 가족의 죽음을 처방해준 것이 아닐까? 전자의 경우 처방處方이란 '건강을 회복하기 위해 일정 부위를 치료한다'는 의미인 반면에 후자는 '각자의 운명에 맞게 이미 결정된 사건'을 의미한다. 즉, 미장이가 담장 혹은 금자탑을 쌓을 때 각 위치에 커다란 벽돌을 '내려놓는 것'처럼 위 사건들이 우리의 머리 위에 '떨어지는' 셈이다. 무릇 우주란 일체 만물이 조화롭게 어우러져 만든 하나의 총체이며, 세상만사는 모두 조화를 이룬다. 그러므로 운명은 곧 모든 인연이 어우러져 형성된 총체적인 결과인 셈이다. 이는 아무리 사유 능력이 부족한 사람이라도 곧 인정하는 우주의 법칙이다. 사람들은 흔히 "이렇게 될 운명이었다"라고 말하지 않던가! 그러니 아이스쿨라피우스의 처방을 받아들이듯이 우리의 운명을 기꺼이 받아들이자! 물론 운명 속에는 '쓰디쓴 약'도 많겠지만 건강을 위한 처방이라 생각하고 기쁜 마음으로 환영하자.

건강에 유익한 다양한 자연의 법칙에 부딪힐 때는 "세상만사가 모

---

1 로마 신화에 등장하는 의술의 신으로, 영험한 뱀을 휘감은 나무지팡이를 들고 다녔다.

약상자 위에 서 있는 로마의 의성醫聖과 그의 딸.

두 마음에 들 수는 없지만 기꺼이 받아들이겠다. 이것이 우주를 건강하게 만들고 우주 자체의 가치에 충실한 것이기 때문이다"라고 생각하자. 만약 '우주 전체'에 이익이 되지 않는다면 그것은 아예 일어나지도 않았으리라. 어떤 사건이든 그 자체로 유익한 것이 우주의 당연한 이치다.

운명을 흔쾌히 받아들여야 하는 이유는 무엇일까? 첫째, 그것은 당신을 위해 일어난, 당신에게 부여된, 당신과 관련된 운명의 가닥이기 때문이다. 우주 최초의 인연을 거슬러 올라가보면 이는 그대를 위해 특별히 처방된 사건인 셈이다. 둘째, 개개인에게 벌어지는 모든 일은 우주와의 인연으로 맺는 사건이다. 다시 말하면 우주의 완벽한 아름다움과 유익한 발전을 위해 내려진 조치인 것이다. 그러므로 당신이 그와의 인연 혹은 연관성을 끊어낸다면 우주 전체의 완전성을 망가뜨릴 수도 있다. 운명을 원망한다는 것은 우주와의 인연을 파괴하고 망가뜨리는 것이나 다름없다.

올리브가지를 물고 있는 비둘기는 기독교가 세상을 구원하리라는 메시지를 담고 있다. 원래 지하 묘실의 벽면에 새겨 있었으나 기독교 박해 시절에 신도들이 옮겨놓았다.

9. 간혹 정의롭게 행동하지 못했다고 해서 양심의 가책을 받거나 낙담할 필요는 없다. 그러나 좌절을 경험했으면 다시금 전철을 밟지 않도록 주의해야 한다. 다른 실수를 저지르지 않았다고 자만하거나 혹은 실망이 지나쳐 자포자기해서도 안 된다. 이성理性을 다스릴 때는 마치 아픈 눈에 계란이나 해면을 문지르듯, 상처에 고약을 붙이거나 찜질을 하듯 부드럽고 따뜻하게 감싸 안아야 한다. 마치 철학 스승을 받들 듯 이성에 복종하되 거만해져 스스로 뽐내서는 안 된다. 철학의 본질은 본성이 요구하는 바에 귀를 기울이는 것이다. 반면에 당신 자신의 요구는 자연의 법칙을 거스를 뿐이다. "맞소, 하지만 난 쾌락의 극치를 원한단 말이오." 아! 쾌락은 사람을 타락시키나니. 이보다는 관대함, 독자적인 행보, 소박한 멋, 여유로운 마음, 성스러운 삶이 더욱 유쾌하지 않은가? 또한 이해와 지식을 바탕으로 올바르고 조화로운 삶을 추구할 때, 지혜 그 자체보다 더 가치 있고 유쾌한 것은 없다.

10. 우주에서는 일반적인 사물마저 신비롭기 그지없다. 그래서 수많은 철학자는 도저히 우주의 법칙을 이해할 수 없다고 결론을 내렸다. 심지어 스토아학파 철학자도 마찬가지였다. 감각 기관을 통해 형성된 이미지는 잘못된 것일 수 있다. 그러나 대체 누가 완벽하게 옳을

아르키메데스Archimedes는 고대 그리스 문명 시대에 활약한 위대한 수학자 겸 과학자다.

수 있겠는가? 객관적인 사물을 세심히 관찰해보면 이 실체가 얼마나 의미가 없고 가치가 없는지 알 수 있다. 물질적인 성취는 시종이나 창녀, 도적도 얻어낼 수 있다. 가장 성스럽다는 도덕군자의 행실도 참아내기 어려운 판에 그대 자신의 자아야 말해 무엇하겠는가?

이 같은 어두컴컴한 흙탕물 속에서 물질과 시간은 끊임없이 흘러가며, 일체 만물은 이 흐름에 묻혀 함께 사라진다. 이때 '과연 무엇을 중요시해야 할지' 도무지 알 길이 없다. 그러므로 우리는 그저 즐거운 마음으로 실체가 드러나기를 기다려야 한다. 조급해하거나 고민스러워하지 말고 다음의 두 가지 생각으로 자신을 위로하자. "첫째, 우주 자연의 법칙에 어긋나는 일은 절대로 일어나지 않겠다. 둘째, 내면에 있는 신의 뜻과 어긋나는 일은 절대로 하지 않겠다." 스스로를 강제할 수 있는 자신 외에는 아무도 없다.

11. "지금 내 영혼을 어떻게 쓰고 있는가?" 항상 자문하면서 스스로

투구를 쓰고 갑옷을 갖추어 입은 마부가 각자 마필의 모습을 자랑하고 있다.

반성하자. 나의 일부인 '이성'은 나 자신과 어떤 관계를 맺고 있는가? 과연 나는 어떤 영혼을 지니고 있는가? 갓난아기의 영혼인가? 청년의 영혼인가? 아니면 여성의 영혼인가? 폭군의 영혼인가? 혹은 가축의 영혼인가? 야수의 영혼인가?

12. 사람들이 생각하는 선이란 과연 무엇인지 고찰해볼 수 있다. 만약 누군가가 지혜·절제·정의·용기 등의 덕목을 (추호의 의심도 없이) 선이라고 판단한다면, 그는 시인이 읊는 "재물을 지닌 자는……"이라는 말에 전혀 관심을 보이지 않을 것이다. 재물은 선과 아무런 관련이 없기 때문이다. 하지만 일반적인 의미의 선을 이미 행하고 있는 자는 이 풍자 시인의 말을 음미하고 받아들이는 여유를 보인다. 앞서 등장한 시구가 재물과 명리에 관한 풍자임을 이미 알고 있기 때문이다. 그래서 그는 "재물이 있는 자는 세상 어디서도 편안히 쉴 수 없다"라는 시인의 말을 빌려 재물을 소유한 사람들을 신랄하게 풍자할 수 있다.

도자기 화폭에 한때 여유를 즐기는 그리
스 영웅들의 모습이 그려져 있다.

13. 나는 인연과 물질로 형성된 존재다. 그러나 이 두 가지 가치는
원래부터 무無에서 비롯된 것이 아니기에 결코 소멸하거나 다시 무로
돌아갈 수 없다. 결국 나의 각 부분은 변화를 거쳐 우주의 일부가 되
고, 그것이 또다시 다른 형태로 변화함으로써 끊임없는 순환하고 반복
한다. 내가 존재하는 까닭은 바로 변화의 과정에 속해 있는 덕분이며
이는 나의 부모와 윗세대 모두 마찬가지다.

14. 이성과 그 영향력은 스스로 만족할 수 있는 능력이 있다. 이는
고유의 원칙(형태)에서 비롯되어 정확한 목표를 향해 곧바로 전진한
다. 그러므로 이성적인 행동은 '정당한 행위'로 간주되며 올바른 순환
방향으로 나아감을 의미한다.

15. 인간에게 어울리지 않는 것은 인간을 위한 것이라 말할 수 없
다. 우리에게 인성人性이 존재하지 않는 사물은 필요하지 않다. 인격을

완성하는 데 아무런 도움이 되지 않기 때문이다. 그러므로 삶의 목표를 비인간적인 사물에 두거나 목표를 이루는 데(이른바 선을 찾는 데) 비인성적인 가치에 기대서도 안 된다. 만약 일부 사물에 인성적인 가치가 포함되어 있다면, 이를 멸시하거나 거절할 수 없다. 또한 누군가가 "이런 것은 필요 없어"라고 말하더라도 그리 감탄스럽지 않을 것이다. 물론 상대에게 인성적인 가치가 없다면 그를 좋은 사람이라고 인정할 수 없게 된다. 하지만 실제로는 비인성적인 가치 및 사물을 없애려 노력할수록 더 좋은 사람으로 거듭날 수 있다.

16. 평소에 어떤 생각을 하느냐에 따라 영혼의 모습이 정해진다. 영혼은 생각의 영향에 쉽게 물들기 때문이다. 그러니 다음과 같은 생각으로 영혼을 다스려보자. 예를 들면, "어디서든 선한 삶을 꾸릴 수 있다!" 이때 삶이란 궁중 생활도 포함한다. 그러므로 궁중에서도 선하게 살 수 있다. 또 다른 예로, "어떤 목적을 위해 생겨난 물건은 결국 그 목적을 위해 쓰여야 한다." 즉, 쓰임을 위해 다다른 종착점이 그 자신의 이익과 가치를 실현하기 위한 최적의 장소인 셈이다. 이성의 동물인 인간에게는 이웃과의 조화로운 삶이 곧 선이다. 무릇 낮은 가치는 더 숭고한 가치를 위해 써야 하는데, 이때의 숭고한 가치란 '서로 돕는 사회'를 의미한다. 이보다 더 분명한 목표가 어디에 있겠는가? 무생물보다는 생명이 있는 것이 더 가치 있고, 단순한 생명체보다는 이성적인 존재가 더 고귀한 법이다.

감당하지 못할 일은
절대 일어나지 않는다

17. 불가능한 것을 추구하는 행위는 미친 짓이나 다름없다. 더욱이 악인들의 사악한 행위를 근절하려는 노력은 언제나 미친 짓이 될 수밖에 없다.

18. 스스로 감당하지 못할 일은 절대 일어나지 않는다. 그러나 우리는 어리석고 무지한 탓에 혹은 일부러 자신의 능력을 드러내려는 욕심 탓에 근근이 버텨내고 있을 뿐이다. 무지몽매함과 허영심이 지혜보다 더 강하다고 여기다니, 이 얼마나 기괴한 일인가!

매년 봄에 아테네인들은 한데 모여 술의 신 디오니소스Dionysos(바쿠스Bacchus)를 위한 축제를 열었다. 한 손에는 포도 넝쿨, 다른 손에는 술잔을 들고 있다.

19. 사물 그 자체는 결코 영혼을 담거나, 영혼 속으로 들어가거나, 영혼을 움직일 수 없다. 하지만 영혼은 스스로 움직이는 것은 물론이고 어떤 것이 옳은지 판단할 수도 있다. 그리고 그 판단에 따라 자신이 통제할 수 있는 외부 사물을 이용하기도 한다.

20. 어떤 면에서 우리와 가장 밀접한 관계를 맺는 존재는 바로 인간이다. 우리는 항상 상대에게 호의를 베풀고 그들의 결점도 인내해야 한다. 하지만 때때로 정당한 행위를 방해하는 사람들을 보노라면, 인간이란 그저 아무런 상관도 없는 존재(마치 태양이나 바람 혹은 야수처럼)로 여겨진다. 그러나 누군가가 나의 외부 활동은 속박할 수 있어도 나의 심리 상태나 적극성에는 영향을 미치지 못한다. 내면의 에너지와 생각은 상황에 따라 기민하게 변화하기 때문이다. 따라서 각종 장애물

한 관원이 굶주리는 농민들에게 보리를 나누어주고 있다. 아우구스투스 통치 시절에 로마에는 구휼미로 삶을 연명하는 자가 약 32만 명에 달했다. 당시 대중은 이미 실질적인 고통에 시달리고 있었던 것이다.

에 부딪힐 때면 마음가짐을 바꿈으로써 오히려 상황을 더욱 유리하게 이끌 수 있다. 그러면 나아갈 길은 평탄하기 그지없는 탄탄대로로 변할 것이다.

21. 우주에서 가장 아름다운 것을 귀하게 여기자. 그것은 바로 만물을 통해 전체를 통제하는 법칙이다. 이와 마찬가지로 내면의 진귀한 것을 소중히 여겨야 한다. 이것 역시 앞서 말한 법칙과 상통한다. 당신 안에는 만물을 통제하는 힘이 내재되어 있고, 당신의 삶 또한 그 힘의 통제를 받고 있다.

22. 대중에게 무해한 일은 개인에게도 해가 되지 않는다. 즉, 아무리 위험한 사건이라도 "대중이 피해를 입지 않았다면 개인 역시 마찬

튀니지Tunisia 두가Dougga 유적지의 광장 아치문 안에 자리한 신전의 모습이다. 당시 로마 사람들은 이곳에 주피터Jupiter, 주노Juno(주피터의 아내. 헤라Hera), 미네르바Minerva를 모셨다.

가지다"라는 식의 균형을 이루는 것이다. 그러나 설령 대중이 피해를 입었더라도 가해자에게 격한 분노를 터뜨리지는 말자. 잠시 차분하게 상황을 살펴보고 그의 잘못을 짚어주는 것이 더 낫지 않겠는가?

23. 현존하는 사물과 앞으로 일어날 사건들이 얼마나 빠른 속도로 흔적도 없이 사라지는지 항상 생각하자. 세상 만물은 마치 강물이 흐르듯 끊임없이 움직이고 변화하며, 그 변화의 원인 역시 끊임없이 변화한다. 세상에 고정적인 것은 아무것도 없다. 일체 만물은 눈앞에 펼쳐진 과거와 미래 속으로 눈 깜짝할 사이에 사라진다. 그런 상황에서 제 홀로 득의양양해하거나 혹은 고통이 영원히 지속될 것처럼 괴로워하는 것이야말로 얼마나 어리석은가?

24. 우주의 본질을 기억하자. 그대는 거대한 우주의 극히 사소한 일부일 뿐이며, 그대에게 할당된 시간 역시 전체 우주의 시간에 비교하면 찰나에 불과한 짧은 순간이다. 그대의 운명 또한 그 얼마나 미미하고 보잘것없는가!

25. 누군가가 내게 잘못을 저질렀던가? 하지만 그것은 그 사람의

일이다. 그의 성격과 행동은 모두 그 자신의 소관일 뿐이다. 우주의 자연 법칙은 나만의 세계를 요구한다. 즉, 나의 본성은 내 앞의 현실을 따를 것을 요구하고, 나 역시 그에 따라 행동할 뿐이다.

26. 영혼이 지배하는 이성을 따르되 육체의 방해(쾌락이든 고통이든)를 받아서는 안 된다. 이성과 육체의 요구를 혼동하지 말고 외부의 유혹에 넘어가지 않도록 주의하자. 그러나 하나의 유기체인 사람의 본질을 정확히 분리해내기란 어려운 일이다. 그래서 때로는 육체적 충동이 영혼의 요구를 넘어서기도 한다. 그렇다고 그 감정을 지나치게 억누를 필요는 없다. (이는 자연스러운 현상이다) 다만, 자신의 눈으로 이런 감정이 '옳다, 그르다'를 결정하는 것은 피해야 한다.

27. 신과 함께 살아가자! 언제나 자기 운명에 대한 만족감을 보이는 사람이 있다. 이들은 우주가 내려준 자기 내면의 신성神聖을 받들고 우주의 일부로 동화되어 모든 일을 우주의 뜻대로 행한다. 이들이 바로 신과 더불어 생활하는 사람들이다. (신에게나 사람에게나 모두 이성이 있다!)

28. 상대의 겨드랑이에서 악취가 나고 입냄새가 심해서 화가 나는가? 하지만 화를 낸다고 해서 무슨 소용이 있는가? 그 사람의 입이, 겨드랑이가 그렇게 생긴 것을 어쩌겠는가? 다 그만한 이유가 있어서 냄새가 나는 것이다. 아마 당신은 다음과 같이 말할지도 모른다. "그래도 인간은 이성이 있는 존재이지 않소! 조금만 주의를 기울여도 그런 냄

한 쌍의 남녀가 손을 맞잡고 결혼식을 올리고 있다. 당시 결혼식은 보통 신부 집에서 거행했는데 식을 올리고 나면 제사와 결혼 연회를 베풀었다. 마지막으로 하객들은 신랑 집으로 자리를 옮겼다.

새가 얼마나 혐오스러운지 알 것이 아니오!" 축하한다! 당신도 이성이 있는 존재이지 않은가? 그렇다면 이성적인 사고로 이성적인 태도를 취하면 된다. 설득·훈계·회유 등을 통해 그를 변화시킬 수 있다면 굳이 화를 낼 필요도 없지 않을까?

29. 속세를 떠나 살 수 있는 사람은 당연히 속세 안에서도 살아갈 수 있다. 그러나 사람들이 당신의 삶을 허락하지 않는다면 그때는 진정으로 떠날 때가 된 것이다. 떠날 때는 그 무엇도 원망하거나 억울해할 필요가 없다. "여기에 연기가 가득 차는 바람에 떠나는 것이다."[2] 떠나는 것이 뭐 그리 대단한 일이겠는가? 하지만 이런 이유로 쫓기지 않는 한 나는 자유인이다. 누구도 내가 원하는 일을 막을 수는 없다. 물론 나는 군중의 요구에 합치되는 이성적인 가치를 소망할 따름이다.

30. 우주의 이성은 모두가 함께 어우러지도록 만들어졌다. 우주는 탁월한 것을 위해 부족한 것을 만들었고, 이 둘이 함께 조화를 이루도록 계획했다. 모든 존재는 위아래로 상응하고 함께 협조하며 자신에게 부여된 운명을 이행한다. 그리해서 모두 아름답고 조화로운 모습으로 살아가는 것이다.

31. 그대는 지금까지 신·부모·형제·아내·자녀·스승·친구·친척·하인에게 어떻게 대했는가? 오늘날까지 진정으로 "어떤 잘못도 저지르지 않고 말실수도 한 적이 없다"[3]고 감히 말할 수 있는가? 당신이 경험한 모든 것, 그리고 인내한 모든 것을 회상해보자. 이제 그대의 인생은 끝이 나고 삶의 임무도 마무리되었다. 그동안 그대는 얼마나 많은 생의 아름다움을 보았는가? 얼마나 많은 쾌락과 고통을 떨쳐내고 얼마

---

2 다음과 같은 속담이 있다. "방 안에서 사람을 쫓아내는 세 가지가 있다. 연기, 지붕에서 떨어지는 물, 그리고 잔소리하는 아내."
3 호머Homer의 〈오디세이Odyssey〉를 인용했다. (iv, 689)

디오니소스를 그린 벽화다. 원래 쾰른Köln에서 개인이 장식
용으로 사용하던 것이었다.

나 웅대한 야심을 포기했으며 또 얼마나 많은 원망을 덕행으로 되갚아
주었는가?

32. 무지하고 우둔한 영혼이 어찌 탁월하고 지혜로운 이를 당혹스
럽게 만들 수 있을까? 그렇다면 여기에서 '탁월하고 지혜로운 영혼'이
란 어떤 의미일까? 그것은 일의 시작과 끝을 명확히 알고 세상 만물의
이치를 꿰뚫어보는 자를 말한다. 나아가 '영원에 이르도록 순환'하는
'우주 전체의 이치'를 아는 자다.

33. 정도正道에 따라 올바르게 생각하고 행동하면 원하는 삶을 누릴

성녀 수도원에 자리한 조각상. 베스타Vesta[4] 여신을 숭배했던 성녀 수도원장의 모습이다. 당시에는 베스타를 숭배하던 성녀가 동정童貞을 잃으면 성화가 꺼지고 로마가 멸망한다는 전설이 전해졌다. 그래서 순결을 지키지 못한 수녀는 산 채로 매장되었다. 결국 도미티아누스Domitianus 황제는 성녀 수도원장 코르넬리아Cornelia를 이 같은 형벌에 처했다.

수 있게 된다. 신의 영혼, 인간의 영혼, 나아가 이성적 존재의 영혼은 두 가지 공통점이 있다. 첫째, 그 어떤 외적 자극에도 전혀 방해를 받지 않는다. 둘째, 정의를 깨닫고 실천한다. 이들은 사사로운 욕심 때문에 정도를 그르치는 일이 없다.

34. 그대의 생명은 얼마 남지 않았다. 잠시 후면 당신은 잿더미 속의 불꽃처럼 사그라져 바싹 마른 해골로 변할 것이다. 남는 것이라고는 보잘것없는 이름뿐. 아니 이름조차 남기지 못할지도 모른다. 그저 아득하고 공허한 메아리뿐. 살아 있을 때 그토록 귀하게 여기던 것들은 사실 헛되고, 비천하고, 쇠락한 것일 뿐이다. 우리는 서로 물어뜯는 들개나 수시로 울고 웃는 어린아이처럼 살아왔다. 충실함과 겸양, 정의와 진리는 이미 이 세상을 떠나 신들이 사는 올림포스Olympus 산으로 올라갔다.[5] 그렇다면 당신을 이 땅에 잡아 붙드는 것은 대체 무엇인가?

---

4 불과 화로의 여신. 그리스 신화의 헤스티아Hestia.
5 헤시오도스Hesiodos(고대 그리스의 서사시인)를 인용했다.

원로원에서 카틸리나^{Catiline}⁶를 질책하는 철학자 키케로^{Cicero}.

사실상 감각과 지각의 대상이 끊임없이 변화하는 탓에 우리의 허약한 감각 기관은 수시로 잘못된 길로 빠져들고 만다. 가련한 영혼 그 자체는 단지 허공을 떠도는 에너지일 뿐이며 세간의 명예 또한 헛되고 허망할 따름이다. 그렇다면 대체 어떻게 해야 할까? 그저 차분하게 앉아 마지막(소멸이든 변화든)을 기다리자. 종말이 오기 전까지는 어떻게 할까? 신을 찬양하고 숭배하는 한편 남에게 선행을 베풀고 자신의 인내심을 기르자. 단, 내 육신 이외의 세상 만물은 내 것이 아니며 내가 통제할 수 있는 것도 아님을 명심하자. 이 밖에 또 무엇을 할 수 있겠는가?

---

6 로마의 정치가로, 공화 정부를 전복시키려는 음모를 꾸몄으나 실패했다.

35. 만약 이것이 내 잘못이 아니고, 내 잘못의 결과도 아니며, 공공의 이익을 침해하지도 않는다면 내가 불안해할 이유가 무엇인가? 게다가 대중에게 해악을 끼치는 것도 아니지 않은가?

36. 감각적인 자극에 미혹되지 말고 자기 본연의 능력에 기대어 타인을 돕는 데 최선을 다하자. 온갖 일로 좌절을 겪는다 해도 그리 상심할 필요는 없다. (그것은 나쁜 습관이다) 떠날 때가 되거든 마치 연극에 등장하는 노인처럼 아이에게 소중한 기억을 안겨주자.

오래전에 나는 행복한 사람이었다. 하지만 지금은 왜 이렇게 나락으로 떨어졌는지 모르겠다. 그렇지만 이른바 행운이 따르는 사람들은 스스로 행운을 만들 줄 안다. 행운이란 선량한 영혼의 이끌림이자 선량한 동기, 선량한 행위와 같다.

제6장

"어떤 것은 급하게 생성되고, 어떤 것은 급하게 소멸되며, 또 어떤 것은 생성되는 동시에 시들어가기도 한다. 이 세계는 끊임없이 변화하며 새로워지고 영원처럼 흐르는 시간은 모든 것을 새롭게 단장한다."

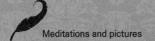

Meditations and pictures

육신에
굴복하지 말라

1. 우주의 본질은 온화하고 부드럽다. 우주를 지배하는 이성은 악의가 없고 악을 행하지도 않기 때문에 무엇인가에 해악을 주는 일도 없다. 일체 만물은 교육을 통해 재탄생하고 이성의 가르침에 따라 임무를 수행한다.

2. 언제나 최선을 다해 직무를 수행해야 한다. 추위에 떨든, 따뜻한 온기를 즐기든, 숙면을 취하든 수면 부족에 시달리든, 비난을 듣든 찬사를 받든, 죽음에 직면했든 사소한 일을 하고 있든 간에 상관없이 말

페리클레스Pericles[1]는 성 연방 내부에서 일련의 사회 개혁을 실시했고 종종 아테네 시민들과 솔직담백한 대화를 나누었다.

이다. 죽음도 삶의 한 행위일 뿐이니 죽는 순간에도 눈앞의 업무를 잘 처리해야 한다.

3. 실체의 내면을 파악하자. 어떤 사물이든 그 본질과 가치를 소홀히 대해서는 안 된다.

4. 모든 사물은 곧 변화하거나 승화되어 우주의 본질로 통합될 것이다(그것이 진정한 본질이라면 말이다). 혹은 산산이 흩어질 수도 있다.

5. 일체 만물을 지배하는 '이성'은 스스로의 목적과 행위, 나아가 책임 이행에 필요한 매개물까지 온전히 이해하고 있다.

---

1 기원전 5세기에 아테네 제국을 창건한 정치가.

마케도니아 제국을 창건한 필리포스Philip 황제는 성공적인 교육가로 명성이 높았다. 적군의 간담을 서늘하게 만든 '마케도니아 진법'을 발명했으며 훗날 세계적인 제왕으로 명성을 떨친 아들 알렉산더 대제를 훌륭하게 키워냈다. 그는 위대한 철학자 아리스토텔레스를 아들의 가정교사로 초빙했다.

6. 최고의 복수는 바로 상대를 닮지 않는 것이다.

7. 오로지 선행을 베풀 때만이 기쁨과 안식을 얻을 수 있다. 온 마음을 다해 신을 생각하고 받들자.

8. 일체 만물을 지배하는 '이성'은 스스로 행동하고 변화할 수 있다. 또한 언제든 스스로 원하는 형태로 변화하며 어떤 사물도 원하는 대로 변화시킬 수 있다.

9. 세상 만물은 오로지 우주의 자연법에 따라 완성되며 그 어떤 다른 법칙에도 영향을 받지 않는다. 우주 밖에 혹은 내면에 존재하는 법칙이든, 아니면 그 둘과 완전히 동떨어진 독립적인 법칙이든 상관없이 말이다.

탁월한 식견을 갖춘 테미스토클레스Themistocles는 그리스 남서쪽에 있는 섬 살라미스Salamis에서 아테네를 구해냈다. 그러나 결국에는 적국인 페르시아와 내통했다는 죄명으로 추방당했다.

10. 우주란 원칙도 질서도 없는 혼란한 곳일까, 아니면 규칙과 체계가 잡힌 단일체일까? 전자라면 그토록 무질서한 혼돈 속에 머물고자 할 까닭이 무엇이겠는가? 결국에는 '한낱 먼지로 스러지고 말텐데' 다른 것까지 신경 쓸 필요가 있겠는가? 그대가 무엇을 하든 종국에는 모두 소멸할 것을 무엇하러 고민하고 번뇌하는가? 그러나 만약 후자라면 정중하게 예의를 갖추어 세상 만물을 지배하는 그 권력을 믿고 따르면 될 것이다.

11. 외부 환경 때문에 혼란스럽고 불안하다면 어서 자기 자신을 추슬러 반성하자. 절대로 불안정한 상태에 머물러 있으면 안 된다. 안정적이고 조화로운 상태를 회복하기 위해 부단히 노력하면 자신을 다스리는 능력이 더욱 배가될 것이다.

12. 만약 의붓어머니와 부인과 함께 지낸다면 반드시 의붓어머니께 효를 다해야 한다. 그러나 마음은 줄곧 부인에게 쏠리게 마련이다. 나랏일과 철학은 의붓어머니와 부인의 관계와 비슷하다. 종종 부인(철학)에게 찾아가 마음의 안정을 얻는다면 나랏일의 고단함도 잘 견뎌낼 수 있을 것이다. 그리하면 나랏일도 비교적 원만하게 해결되리라.

13. 눈앞에 산해진미가 놓여 있을 때면 이런 생각을 해보자. "이것은 생선의 시체이고, 저것은 새(혹은 돼지)의 시체다. 백포도주는 한낱 포도송이의 즙에 불과하며, 이 자줏빛 외투 역시 조개의 핏물로 물들인 양털일 뿐이다." 이른바 성교도 육체의 에너지를 한바탕 쏟아내며 체내의 분비물을 배출하는 과정에 지나지 않는다. 그러니 삶을 통틀어 일체 사물의 진면목을 꿰뚫어보는 감각을 유지해야 한다. 아무리 아름답고 감동적인 사건이라도 전통적인 '존엄성'의 껍질을 벗겨내고 진정한 실체의 본질에 주목하자. 우리는 흔히 번드르르한 겉모습에 현혹당하기 쉽다. 또한 스스로 가치 있는 일에 집중하고 있다고 믿을 때 가장 지독하게 기만당하게 마련이다. 그러니 언제라도 크라테스가 크세노크라테스Xenocrates[2]에 관해 남긴 말을 기억하자.

14. 어떤 것은 급하게 생성되고, 어떤 것은 급하게 소멸되며, 또 어떤 것은 생성되는 동시에 시들어가기도 한다. 이 세계는 끊임없이 변화하며 새로워지고 영원처럼 흐르는 시간은 모든 것을 새롭게 단장한

---

2 크세노크라테스는 소아시아 북서부에 있던 고대 도시인 칼케돈Chalcedon 사람으로, 플라톤의 제자다.

아테네 학당에서 걸어 나오는 플라톤(왼쪽). 아테네의 명문 귀족 가문에서 태어난 플라톤은 어릴 때부터 우수한 교육을 받았으며 이후 소크라테스의 추종자가 되었다. 소크라테스를 구하는 데 실패한 후 국가의 정치 체제 문제에 심취해 유랑 생활을 시작했다. 아테네의 서북쪽 외곽에 있는 아카데무스^{Academus}에 플라톤 학당을 설립했다. 이후 900년 동안 이어진 플라톤 학당은 서구 세계에 '학문의 자유'라는 전통을 세웠고 그리스에서 가장 탁월한 사상 및 인재를 배출해냈다. 그는 기원전 347년에 갑자기 세상을 떠났다.

다. 무한의 시간 속에 세상 만물은 쉼 없이 순환하고 변화한다. 그렇다면 과연 무엇을 그리 소중하게 여길 것인가? 이는 마치 순식간에 곁을 스쳐 지나가는 참새와 사랑에 빠지는 것과 같다. 사실 인간의 삶이란 그저 한 줄기의 숨과 한 움큼의 혈기에 지나지 않는다. 매 순간 폐 속 가득 들이마신 숨을 내뿜는 것처럼, 우리는 어제 혹은 내일 들이마실 공기까지도 언젠가는 다시 본래의 위치로 돌려놓아야 한다.

15. 우리가 귀하게 여길 가치는, (마치 식물처럼) 단순한 내부 발산 작용이나 호흡 작용이 아니다(소나 양 등의 짐승도 호흡한다). 또한 감각을 통해 얻는 이미지 혹은 충동적으로 휘둘리는 행위, 인간 본연의

본능, 영양분 섭취의 욕구 등도 아니다. 그렇다면 과연 무엇을 중시해야 할까? 박수와 갈채? 아니다. 대중의 찬양이란 혓바닥으로 치는 박수에 불과할 뿐, 시시한 명예 따위는 그다지 신경 쓸 필요가 없다. 그렇다면 이보다 더욱 고귀한 가치란 무엇일까? 바로 차분하고 안정되게 행동하며 모든 직업적·예술적 재능을 실현하도록 매진하는 것이다. 무릇 재능이란 그것이 필요한 업무에 합리적으로 주어지는 법이다. 즉, 포도를 기르는 농부나 말을 훈련시키는 마부, 개를 기르는 사육사와 마찬가지로 아이를 교육시키는 스승 역시 고유의 재능을 발휘하려는 목표를 지닌다. 이것이야말로 소중하게 지켜야 할 가치이리니!

일단 결정을 내리면 다른 것은 접어두어야 한다. 혹시 다른 욕심을 포기할 수 없는가? 그렇다면 그대는 자유를 누릴 수도, 분수를 지킬 수도, 헛된 욕망에서 벗어날 수도 없게 된다. 누군가가 당신의 희망을 앗아갈 때마다 의심과 질투심으로 가득 찰 테니 말이다. 게다가 당신이 그토록 원한 것을 가진 이들을 볼 때면 온갖 음모와 계략을 꾸미려는 충동도 느끼게 될 것이다. 욕심이 많은 사람은 마음에 평정을 잃어버릴 뿐 아니라 심지어 하늘까지 원망하기 일쑤다. 반면에 자신의 마음가짐을 귀하게 다루는 사람은 자신의 상황에 만족하며 신과 사회와 조화를 이루며 살아간다. 즉, 신이 정해놓은 모든 운명에 감사하는 것이다.

16. 원소는 위아래로 계속해서 순환한다. 그러나 미덕은 이 흐름에 속해 있지 않다. 그것은 신성한 지혜이자 진리로, 신비한 경로를 통해 앞으로 나아간다.

격투기 운동. 로마인은 신체를 단련하기 위해 매일같이 목욕탕에서 격투기 등을 훈련했다. 이들은 훈련·안마·목욕이 몸에 좋은 건강법이라고 널리 믿었다.

17. 인간이란 얼마나 특이한 습성이 있는가! 그들은 동시대를 살아가는 사람들과 친구를 칭찬하는 데는 극히 인색하면서도 한 번도 만나본 적 없고 앞으로도 만날 일이 없는 후대의 찬사에 대해서는 극도로 관심을 기울인다. 이는 마치 조상들이 당신을 칭찬해주지 않는다고 슬퍼하는 것과 다름없다.

18. 어떤 일이 까다롭다고 해서 전혀 하지 못하리라는 법은 없다. 인성에 합당한 일이고 누군가가 해낼 수 있다면 나 자신도 반드시 할 수 있다고 믿자.

19. 경기 도중에 상대 선수가 (실수로) 손톱으로 할퀴고 머리를 들

콜로세움Colosseum. 베스파시아누스는 황제에 등극한 후 네로의 사치스러운 놀이 공간을 대중을 위한 오락 공간으로 개조했다. 로마 격투기장도 이 계획의 일부였는데 콜로세움은 관중을 약 5만 명 수용할 수 있을 만큼 거대하게 지어졌다. 80년에 격투장이 준공되었을 때 장장 100일 동안 축하 행사가 거행되었다. 당시 맹수 5,000마리와 함께 노예·전쟁 포로·범죄자 등 격투사 3,000명이 동원되어 목숨이 다할 때까지 격투 공연을 펼쳤다. 당시 격투장 내부는 온통 피의 흔적으로 가득했다고 전해진다.

이받는다고 화를 내거나 항의할 수는 없다. 더욱이 그가 우리를 해치려 한다고 의심할 수도 없는 일이다. 그렇지만 항상 상대를 조심해야 한다. 그를 적으로 간주하거나 의심을 품어야 하는 것이 아니라 다만 의도하지 않은 피해를 입지 않기 위함이다. 사회에서 인간관계를 맺을 때도 마찬가지다. 사람과 사람의 관계는 마치 스포츠 경기와도 같아서 인내심이 필요하다. 또한 상대를 의심하거나 시기하지 말고 상처를 피해가는 것이 현명하다.

20. 누군가가 나의 생각 혹은 행동이 잘못되었다고 정확히 지적해주면 나는 기꺼이 단점을 고치고 그에게 감사할 것이다. 내가 추구하

이탈리아 화가 팔코네Falconet가 그린 격투사들의 모습. 로마에서는 대략 기원전 3세기 중엽부터 격투 시합이 벌어졌는데 당시 사형수·전쟁 포로·노예 가운데서 격투사를 선발했다. 이 과정에 드는 막대한 비용은 황제와 고관대작 등이 충당했다. 트라야누스가 재위했을 당시에는 총 1만여 명이나 되는 격투사가 활약했다고 한다. 격투는 전 로마 사회에서 가장 인기 있었던 오락 활동으로, 심지어 고급 기술을 선보인 격투사는 당대 귀족 부인들의 총애를 받기도 했다.

는 것은 진리이며, 이는 누구에게도 피해를 주지 않기 때문이다. 하지만 자신의 부족함을 깨닫지 못해 실수를 방치하는 자는 분명히 피해를 입을 것이다.

21. 나는 그저 부여받은 책임을 다할 뿐 다른 어떤 것도 원하지 않는다. 다른 가치들은 생명도 없고, 이성도 없으며, 때로는 나를 잘못된 길로 인도하기 때문이다.

22. 이성이 없는 생물을 비롯해 다양한 객관적인 상황 및 사물에 언제나 차분하고 담담한 태도를 유지해야 한다. 당신에게는 이성이 있지만 그것에는 이성이 없으니 말이다. 반면에 이성이 있는 '인간'에게는 우호적인 태도를 보이자. 언제든 신께 도움을 청하되 "대체 언제까지 이래야 하는 거야?"라는 물음으로 자신을 괴롭히지 말자. 다만 몇 시간이라도 진심으로 기도할 수 있으면 그것으로 충분한 것이다.

23. 마케도니아의 알렉산더 대제와 그의 마부는 죽음에 이르러 모두 같은 사후세계로 들어갔다. 두 사람 모두 우주의 원시적 이성으로 되돌아갔거나 원자 형태로 산산이 흩어진 것이다.

24. 한순간에 얼마나 많은 사건(우리의 육체 혹은 영혼과 관련된 일)이 일어나는지 생각해보았는가? 그랬다면 동시에 일어나는 수많은 사건, 나아가 우주 전체에 퍼져 있는 모든 일에 대해서도 전혀 이상하게 생각할 필요가 없다.

25. 누군가가 "안토니누스의 철자는 어떻게 쓰나요?"라고 묻는다면 기꺼이 철자 하나하나를 성심성의껏 가르쳐주겠는가? 만약 상대가 화를 낸다면 당신도 똑같이 화를 내겠는가? 대신 따뜻한 태도로 친절하

안토니누스와 그의 부인 파우스티나.

게 알려주면 어떨까? 무릇 인생이란 하나하나의 (무게감 있는) 책임과 소소한 잡일로 이루어진 총체다. 그러므로 자신의 임무를 수행하는 데 최선을 다하고 남이 화를 내더라도 차분하고 침착하게 응대하자.

26. 상대가 자신에게만 유리하게 행동한다고 이를 막아서는 것은 지나치게 잔인한 일이다! 비록 (잘못을 저지른) 상대가 당신의 화를 돋운다고 해도 이런 식으로 행동하지는 말자. 아마 그들은 저도 모르게 이기적으로 굴었을 것이다. "그래도 그들이 잘못했잖소." 그렇다면 분노를 토해내는 대신 그들을 가르치고 깨우치도록 하자.

27. 죽음이란 감각적 이미지와 (우리를 꼭두각시로 만드는) 충동적 욕구에서 해방되는 것이다. 또한 육체를 굴복시킨 강제 노동에서 해방

카이사르 개선도. 고대 로마의 카이사르 대제가 아시아·아프리카·유럽 3대륙을 정복하고 개선하는 모습이다.

되는 것이기도 하다.

28. 육체가 스러지지 않았는데 영혼이 먼저 굴복하는 것은 수치스러운 일이다.

29. 카이사르처럼 행동하거나 그런 영웅적인 색채에 물들지 않도록

조심하자. 언제나 소박하고 선량하며 엄숙하고 순결한 보통사람이 되고자 노력해야 한다. 또한 정의를 사랑하고 신을 경외하며 관용과 사랑, 용기를 실천하자. 철학이 이끄는 대로 올바른 사람이 되기 위해 끊임없이 노력해야 한다. 신을 존경하고 인간을 사랑하자. 짧고도 고통스러운 인생에서 우리가 이룰 수 있는 유일한 성취는 겸허한 인성과 자애로운 품성을 갖추는 것뿐이다.

눈앞의 환경을
사랑하라

30. 언제라도 안토니누스[3]를 본받아 행동하자. 그가 얼마나 굳건하게 모든 일을 이성적으로 처리했는지 기억하자. 그는 언제나 예외 없이 공정하고, 겸허하고, 진지하고 엄숙했다. 친절하고 온화했던 성품의 안토니누스는 헛된 명성에 흔들리지 않은 채 사물의 실체를 이해하기 위해 집중했다. 그는 사건의 본질을 명확히 이해하고, 행동하기에 앞서 어느 하나도 소홀히 지나치지 않았다. 누군가가 무고한 비판을

---

3 여기서 말하는 안토니누스는 아우렐리우스의 양아버지 안토니누스 피우스를 가리킨다.

마르쿠스 아우렐리우스 부조 작품. 임시 제사장을 찾은 아우렐리우스는 소를 제물로 바치는 제사 의식에 참석했다. 아마도 주피터 신전인 듯하다. 이곳은 176년 도나우 강 일대의 야만족을 물리친 공적을 기리기 위해 축조한 곳이다.

늘어놓을 때도 그저 담담히 참아냈으며 결코 상대를 헐뜯거나 비난하지 않았다. 언제나 여유롭고 관대했던 그는 떠도는 풍문 따위는 믿지 않았고 상대의 품성과 행동을 보고 나서 직접 신중하게 판단했다. 남에게 책임을 돌리거나 의심하지 않았으며, 겁을 내거나 궤변을 늘어놓지도 않았다. 또한 집·침상·옷·음식·시종 등에서도 얼마나 소박하고 단출했던가! 그는 일 자체를 즐기며 아무리 힘들고 고통스러운 일도

하드리아누스 황제가 멧돼지를 사냥하는
모습을 묘사한 작품으로, 하드리아누스 기
념비에 새겨져 있다.

끝까지 인내했다. 소박한 식사를 마치면 아침부터 밤까지 일에 몰두했
고, 정상적인 일과 외에 좀처럼 쉬는 법도 없었다. 그는 친구에게 항상
성실하고 충실해 오래도록 변함없는 우정을 지켰다. 자신을 공개적으
로 비판하는 사람들도 기꺼이 받아들였고, 혹여 누군가가 탁월한 의견
을 제시하면 무척이나 즐거워했다. 그는 신을 숭배하고 미신에 현혹되
지 않았다. 그대도 이 가르침을 따른다면, 죽음의 순간에 안토니누스
처럼 편안하고 맑은 마음을 갖출 수 있을 것이다.

31. 다시 한 번 깨어나서 지각을 되찾자! 잠에서 깨어나 그대를 괴
롭히던 모든 것이 그저 한낱 꿈과 환상에 지나지 않음을 깨닫자. 그리
하면 곧 정신이 맑아질 것이다! 꿈속을 헤매지 말고 현실을 있는 그대
로 직시하자.

32. 나는 육체와 영혼의 두 조각으로 이루어져 있다. 그러나 육체

자체는 그 어떤 사물과 직접적인 관련을 맺을 수 없기에 세상 만물과 아무런 관련이 없다. 반면에 영혼은 그 자체의 활동이 가장 중요하며 그 활동 하나하나는 영혼의 지배하에 놓여 있다. 물론 이는 현재의 사건 및 활동에만 영향을 끼칠 뿐이다. 과거와 미래의 (영혼) 활동은 현재 상황과는 전혀 관계가 없다.

33. 손과 발이 제각기 맡은 임무를 수행하는 것은 전혀 이상할 것이 없다. 마찬가지로 인간이 그 본연의 임무를 다하는 것도 결코 자연의 법칙에 어긋나지 않는다. 이렇듯 자연의 법칙에 어긋나지 않는 한 어떤 것도 죄악으로 치부할 수는 없다.

34. 기술자는 어느 정도 선에서 '외부인'과 타협하게 마련이지만 그 기술의 근본 원칙만큼은 한 치의 오차도 없이 정확히 지킨다. 일례로, 건축가와 의사는 직업 본연의 기본 원칙을 매우 중시하며 존중한다. 이들이 '신과 공유한 스스로의 이성'을 따르지 않는다면 그때는 괴상한 결과가 나타나지 않겠는가?

35. 아시아와 유럽은 우주의 일부일 뿐이며 바다 역시 우주 속의 물 한 방울에 불과하다. 아토스Athos 산[4]은 그저 자그마한 흙더미에 지나지 않고, 현재도 영원 속의 한 점일 뿐이다. 이토록 보잘것없는 세상 만물은 쉽게 변화하고 또 소멸한다.

---

4 에게 해Aegean Sea 북부에 있는 아토스 산은 후일 그리스 동방교의 성지로 거듭났다.

카라칼라Caracalla 목욕탕. 이 공중목욕탕은 건축 기술·기능·공간 구성 등에서 가장 복잡한 건축물로 손꼽힌다.

일체 만물은 하나의 근원(우주의 이성을 다스리는 에너지에서 직간접적으로 파생된다)에서 유래한다. 그러므로 사자의 아가리·독·가시나무·진창처럼 혐오스러운 것도 모두 웅대하고 아름다운 실체의 결과에 해당한다. 그러니 이런 것들이 당신의 숭배 대상과 전혀 관련이 없다고 생각해서는 안 된다. 만물은 동일한 근원에서 비롯되었음을 항상 명심해야 한다.

36. 현재를 보는 사람은 이미 지나온 과거와 앞으로 닥칠 미래의 모든 것을 보고 있는 셈이다. 일체 만물은 같은 뿌리에서 비롯되어 동일한 모습을 하고 있기 때문이다.

37. 우주에 존재하는 일체 만물의 밀접한 관계와 상호 의존성에 관해 끊임없이 생각하자. 모든 사물은 상호 관련을 맺고 있기에 항상 서로 아끼고 사랑해야 한다. 모든 일은 인과 관계를 맺고 있으며 각종 다양한 활동을 통해 공감대와 통일성을 이룬다.

38. 운명이 정한 환경에 적응하고, 운명으로 인해 만난 사람을 진심으로 사랑하자.

39. 모든 공구와 기계, 기기는 제작된 본래의 쓰임대로만 사용된다면 그것으로 충분하다. 비록 제작자가 곁에 없더라도 이는 이미 자연과 합일된 물체로, 사물 안에 제작자의 역량이 그대로 녹아 있는 셈이다. 그러니 우리는 이 존재를 특별히 존중해야 한다. 만약 당신의 생활과 행동이 이것(사물)과 조화를 이룬다면 모든 것이 마음먹은 대로 이루어지리라.

40. 선택의 여지가 없는 사물에 대해 너무 깊이 생각하지 말자. 어떤 것이 좋다 혹은 나쁘다고 미리 생각하면 나쁜 일이 닥치거나 좋은 일을 놓쳤을 때 하늘을 원망하고 사람을 미워하게 된다. 그들이 화를 초래한 근원이라고 믿기 때문이다. 그러나 실제로는 각 사물에 지나친 가치를 부여한 우리의 잘못이 더 크다. 반면에 우리가 통제할 수 있는 사물에 한해 선악을 판별한다면 신이나 다른 사람에게 원망을 토로하지 않아도 될 것이다.

개인에게 벌어지는 일은
우주 전체에도 유익하다

41. 태양이 비를 내릴 수 있을까? 의술의 신 아스클레피오스 Asclepius가 오곡의 신이 하는 일을 대신할 수 있을까? 제각기 별들의 움직임은 또 어떠한가? 이들은 각기 다른 일을 하고 있지만 결국 공통 목적을 위해 움직이지 않던가?

42. 우리는 모두 공통의 목표를 위해 함께 노력한다. 이때는 지혜롭고 학식 있는 사람도 있고 그저 맹목적으로 움직이는 사람도 있다. 헤라클레이토스가 "인간은 잠을 자는 순간에도 일하고 있다"는 말을 남

겼듯, 세상 만물은 공통된 하나의 체계 속에 어우러져 순환한다. 심지어 악담을 퍼부으며 일을 망가뜨리는 사람들조차 전체적으로는 우주를 돕고 있는 셈이다. (우주에는 이런 사람들도 필요하다) 그렇다면 당신은 어떤 사람인가? 스스로 결정해보자. 우주의 이성은 어떻게든 그대의 재능을 발견해 그 나름의 역할을 부여할 것이다. 단, 크리시포스가 말했던 "옹졸하고 우스꽝스러운 광대"[5]는 되지 않도록 노력하자.

가면을 쓴 배우의 조각상. 그리스에서 시작된 풍자극은 로마에서 크게 성행했다. 당시 배우들은 종종 가면을 쓰고 무대에 등장했다.

43. 만약 신이 나에 대해 그리고 내게 일어날 일에 관해 계획을 세웠다면 분명 탁월한 선택일 것이다. 지혜롭지 않은 신이란, 도저히 상상할 수도 없지 않은가. 신이 어찌 내게 해악을 끼칠 수 있겠는가? 그래봤자 그에게 또 그가 관심을 기울이는 우주에 무슨 이득이 있겠는

---

5 플루타르크는 그의 저서에서 스토아학파의 창시자 크리시포스와 관련된 말을 기록했다. "시인들은 희극 속에 터무니없는 우스갯소리를 집어넣는다. 물론 우스갯소리 그 자체는 아무런 가치도 없지만 전체 작품 속에서 미묘한 매력과 가치를 만들어낸다. 이와 마찬가지로 죄악 그 자체는 더없이 악랄하지만 비극 속에서 그 빛을 발휘한다."

가? 비록 신이 나만을 위한 특별한 조치는 취하지 않더라도 적어도 우주 전체의 이익에 대해서는 깊이 생각했을 것이다. 그러니 나는 우주의 이익과 관련된 모든 사물을 충분히 이해하고 활용해야 한다. "애초부터 신에겐 아무런 계획이 없다"는 생각은 불경하기 그지없다. 정말로 그렇다면 우리는 제물을 바쳐 기도하거나 맹세를 하는 등 신과 소통하려는 노력을 기울일 필요가 없을 것이다.

만약 신이 우리를 위한 계획을 세워놓지 않았다면 스스로 자신을 위한 계획을 세우면 된다. 즉, 자기 이익을 위해 손수 나서는 것이다. 이때는 자신의 성격과 성향에 어울리는 행동이 모든 이에게 유익함을 기억하자. 나는 이성적이고 사회적인 존재다. 내 이름은 안토니누스, 나의 조국은 로마다. 한 인간으로서 세계가 곧 나의 집이니, 모든 이에게 유익한 것이 내게도 유익한 것이리라.

44. "개인에게 벌어지는 모든 일은 우주 전체에도 유익하다"는 말은 틀림없는 사실이다. 그러나 이를 좀더 세심히 관찰해보자. 일반적으로 한 사람에게 유리한 것은 다른 사람에게도 유리하다. 하지만 이른바 '이익'이라는 말은 매우 광범위하게 해석할 수 있다. 즉, 선도 악도 아닌 일반적인 사물에도 적용되는 것이다.

45. 극장을 비롯한 오락공간에 모두 똑같은 프로그램만 상영한다면 사람들은 무척 지겨워할 것이다. 인생도 마찬가지다. 처음부터 끝까지 모두 같은 사건 혹은 그런 사건의 결과만 이어진다면 얼마나 지루하겠는가?

폼페이 고성에 자리한 원형 극장으로, 관중을 약 1,200명 정도 수용할 수 있다.

46. 다양한 민족의 각양각색인 사람들도 결국에는 모두 죽는다는 사실을 항상 기억하자. 필리스티온Philistion·포이보스Phoebus·오리가니온Origanion[6] 등 수많은 사람을 떠올려보면 모든 인간은 결국 마지막 경계선을 지나가게 마련이다. 가슴을 울리던 웅변가, 엄숙한 철학자를 비롯해 헤라클레이토스·피타고라스·소크라테스 등 전 세대 사람은 이미 이 경계를 지나갔다. 수많은 고대의 영웅·전사·폭군 이외에 에우독소스Eudoxus[7], 히파르쿠스Hipparcus[8], 아르키메데스 및 특출한 천재, 굳센 호걸, 고단한 노동자, 다재다능한 예술가, 심지어 덧없이 망가진 인생을 조롱하던 메니푸스Menippus[9] 또한 마찬가지다. 이들은 이미 오래전

---

6 셋에 관해서는 자세히 알려진 바가 없다. 인명·생년월일도 불분명하다.
7 기원전 4세기에 활동한 유명한 천문학자이자 고대 그리스의 수학자.
8 기원전 2세기에 활동한 천문학자. 당시 "천문학의 아버지"라 불리었다.
9 고대 그리스 견유학파 철학자이자 풍자작가.

러시아 화가 브론니코프Fedor Andreevich Bronnikov 작품으로, 태양의 영광 앞에 찬가를 부르는 피타고라스학파를 그린 것이다.

에 긴 잠에 빠져들었다. 그렇다면 소리도, 냄새도 그리고 이름도 없는 이들을 어찌 해칠 수 있겠는가? 이 세상에는 단 한 가지, 가치 있는 것이 있다. 바로 진리와 정의의 이름으로, 거짓과 불의를 행하는 사람에게조차 자비를 베풀며 살아가는 것이다.

47. 기쁨을 얻고 싶다면 주변 사람들의 장점에 대해 생각해보자. 예를 들어, 이 사람은 에너지가 넘치고, 저 사람은 겸손하고 예의가 바르며, 또 다른 이는 의지가 강하다는 식으로 생각하는 것이다. 함께 생활하는 사람들의 미덕을 그대로 바라보는 것이야말로 더없이 유쾌하고 즐거운 일이다.

48. 몸무게가 300파운드(약 136킬로그램)에도 미치지 못한다고 고

폼페이 고성의 상감화에서 발견된 작품(부분)으로, 공연을 준비하고 있는 배우의 모습을 나타낸다.

통스러워하지는 않을 것이다. 그렇다면 왜 좀더 오래 살 수 없다고 괴로워하는가? 지금 가진 물질적인 숫자에 만족하는 것처럼 시간의 한계에도 분명히 만족할 수 있다.

49. 문제가 생기면 먼저 설득하려 노력해야 한다. 모든 사람이 반대하더라도 공정한 원칙에 의거해 방법을 강구하자. 누군가가 당신을 무력으로 막아서거든, 분노하는 대신 차분하고 냉정하게 대처해야 한다. 그리고 좌절을 미덕으로 변화시키자. 당신의 목표가 환경의 제약을 받더라도 결코 불가능한 일은 없음을 기억하자. 이때 당신이 해야 할 일은 무엇인가? 바로 이전에 가졌던 소망을 다시 불태우는 것이다. 그러면 당신은 이미 성공을 이룬 셈이다. 우리 스스로가 선택한 일은 이미 실현된 것이나 다름없기 때문이다.

앉아 있는 격투사 조각상. 기원전 1세기에 제작된 신아테네파의 유명한 작품이다.

기원전 1세기에 제작된 부조 작품으로 어느 희극의 한 장면을 묘사하고 있다.

50. 헛된 명성을 좇는 사람은 "타인의 찬사가 나의 행복"이라 여기고, 쾌락을 좇는 사람은 "나의 감각이 곧 행복"이라고 말한다. 그러나 진정 지혜로운 사람은 "나의 (올곧은) 행동이 곧 타인의 행복"이라고 생각한다.

51. 어떤 사물에 대해 아무런 의견도 없다고 해서 자책할 필요는 없다. 그 사물 자체가 우리에게 판단을 강요할 권리는 없기 때문이다.

52. 상대의 본심을 이해할 수 있도록 '타인의 말을 주의 깊게 듣는 법'을 연습하자.

53. 벌 떼에게 무익한 일이라면 꿀벌 단 한 마리에게도 유익할 리가

없다.

54. 선원들이 선장을 욕하고 병자가 의사를 욕하는 상황이라면, 대체 무엇을 더 바라겠는가? 이들이 어찌 선박의 안전 혹은 병자의 건강을 책임지겠는가.

55. 나와 함께 이 세상에 태어난 사람 가운데 얼마나 많은 이가 벌써 세상을 떠났는가!

56. 황달에 걸린 사람은 꿀이 쓰고 공수병에 걸린 사람은 물을 두려워한다. 아이에겐 공 하나도 소중한 보물일 수 있다. 그렇다면 당신은 왜 분노하는가? 그릇된 판단 자체가 과연 황달병 환자의 담즙이나 공수병 환자의 바이러스보다 약하단 말인가?

57. 본성에 따르는 삶을 방해할 자는 아무도 없다. 우주 자연의 법칙에 어긋나는 일은 결코 일어나지 않으리라.

58. 사람들은 목적을 이루기 위해 끝없이 노력한다. 그러나 이들이 사용하는 수단의 본질에 대해서도 생각해보자! 시간은 얼마나 빨리 흘러가며 모든 것을 삼켜버리는가! 얼마나 많은 사건이 이미 묻혀버렸는가!

제7장

"인생은 춤이라기보다 레슬링에 가깝다. 매 순간 불시의 일격에 대비하
며 꿋꿋이 서 있어야 하기 때문이다."

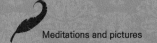
Meditations and pictures

누구도 아닌
자신의 힘으로 곧게 선다

1. 과연 악이란 무엇일까? 그것은 우리가 흔히 보아온 것들이다. 어떤 일이 일어나든 "이것은 흔히 벌어지는 일이다"라고 생각하자. 위아래 어느 곳을 보아도 똑같은 것이 눈에 들어올 것이다. 고대·중세·근대의 역사를 비롯해 오늘날의 도시·가옥 등지에도 동일한 것이 가득차 있다. 태양 아래 새로운 것이란 없다. 모든 것은 이미 보아온 것이며 또한 서서히 사라질 뿐이다.

2. 신조信條에 관한 관념이 소멸하지 않는 한, 어찌 당신의 원칙(신

조)이 사라지겠는가? 그러나 이 관념의 불꽃을 불태우는 것은 온전히 당신 자신에게 달려 있다. 단, 어떤 사건이든 정확한 개념만 수립할 수 있다면 전혀 걱정할 필요가 없다. 영혼 이외의 사물은 정신(영혼)과 전혀 관련이 없다. 이 점을 이해하면 당당하게 똑바로 나아갈 수 있을 것이다.

지금까지 그래왔듯이 새로운 시선으로 사물을 바라보자. 그러면 새로운 생활을 시작할 수 있을 것이다.

3. 지루한 모임, 무대극, 소와 양 떼, 무술공연, 개에게 던져준 뼈다귀, 연못에 뿌린 빵부스러기, 힘겹게 짐을 나르는 개미의 노동, 깜짝 놀라 도망치는 생쥐, 끈에 매달린 꼭두각시. 이런 보잘것없는 것들에 오만한 표정을 짓는 대신에 마음을 차분하고 너그럽게 쓰자. 사람의 가치란 그가 관심을 가지는 대상의 가치와 동일함을 이해해야 한다.

4. 대화를 나눌 때는 말에, 일을 할 때는 행동에 주의를 기울여야 한

진흙으로 빚은 인형. 한 사람은 손에 비수를 들고 또 다른 사람은 돈을 들고 있다. 이는 극중에 등장하는 익살스럽고 독특하며 풍자적인 인물을 묘사하고 있다.

다. 전자의 경우에는 말 속에 품은 의미를 명확히 이해하고 후자의 경우에는 자신의 행동에서 빚은 결과를 꿰뚫어볼 줄 알아야 한다.

5. 내가 이 일을 해낼 수 있을까? 만약 그렇다면, 나는 자연이 준 도구인 마음(정신)을 활용해 이 일을 해낼 것이다. 그러나 만약 해낼 수 없다면, (책임에서 물러날 수 없는 다른 이유가 없는 한) 이 일에서 물러나 나보다 더 나은 사람에게 일을 맡길 것이다. 또는 공공의 이익을 실현할 수 있는 사람에게 도움을 받아 내 나름대로 최선을 다할 것이다. 무슨 일을 하든(독자적으로 하든 다른 이들과 협력하든) 반드시 공공의 이익에 부합하는 목표를 실현하기 위해 관심을 집중해야 한다.

6. 얼마나 많은 영웅이 눈부신 찬사를 뒤로하고 잊혔던가. 그들을 찬양하던 수많은 이도 이미 흔적 없이 사라졌나니!

로마의 마르첼루스Marcellus 극장 모형. 극장에는 문이 총 세 개 있는데 가운데 문은 궁정 사람이, 양측의 곁문은 소도시 혹은 시골 사람이 드나들었다.

7. 도움받는 것을 부끄러워하지 말자. 당신은 그저 치열하게 성을 공격하는 병사처럼 주어진 일에 최선을 다하면 된다. 만약 다리를 절뚝거리는 탓에 혼자 성벽을 오를 수 없다면 누군가의 도움을 받아 기어오르면 되지 않겠는가?

8. 미래를 미리 걱정하지 말자. 미래에 일이 닥치면 그에 걸맞은 이성으로 대처하면 된다. 바로 지금, 이성적으로 현재를 맞이했듯이 말이다.

9. 세상 만물은 거미줄처럼 서로 얽혀 있다. 이 신성한 결합 속에 다른 사물과 관련을 맺지 않은 것은 아무것도 없다. 모든 사물은 체계적인 규칙에 따라 질서 있는 우주를 구성하고 있기 때문이다. 만물에 존재하는 신은 단 하나이며 모든 본질과 법칙에 상응하는 이성도 단 하

로마 귀족의 두상. 당시 로마 귀족들은
의지가 굳은 대신 방자하고 오만했다.

나다. 같은 뿌리에서 생성된 것은 모두 동일한 이성의 영향을 받기에
선에 이르는 길 역시 단 하나뿐이라 말할 수 있다.

10. 모든 물질은 순식간에 우주의 본질 속으로 사라진다. 모든 형식
은 우주의 이성으로 돌아가며, 모든 그리움 역시 영원 속에 묻힌다.

11. 이성적인 인간에게 있어, 자연에 합당한 행위는 이성에 어울리
는 행위와 같다.

12. 강요당하지 말고 자발적으로 곧게 서자.

13. 사지와 몸통이 합쳐져 하나의 유기체를 만들어내듯, 각기 분산

한 노동자가 세탁실에서 일하고 있다. 당시에는 모직의류의 먼지와 기름때를 없애기 위해 통 속에 오줌 및 기타 세정액을 함께 넣고 빨래를 밟았다.

된 이성도 하나의 통일된 체계를 구성한다. 이들은 서로 협력하도록 구성되어 있기 때문이다. 이 견해를 좀더 깊이 생각해보면 곧 이해할 수 있을 것이다. 그러나 스스로 그저 전체의 한부분에 불과하다고 생각한다면, 당신은 진심으로 인간을 사랑할 수 없으며 선행을 할 때 느끼는 기쁨도 맛볼 수 없다. 당신에게 선행이란 그저 전혀 득이 되지 않는 의무에 불과할 테니 말이다.

14. 외부 사물은 우리의 감각 구석구석까지 영향을 미친다. 그러나 자신을 악이라 생각하지 않는 한 상처받을 일은 없다.

15. 남들이 어떻게 말하고 행동하든 간에 나 자신은 항상 바르게 살아야 한다. 마치 에메랄드(혹은 황금이나 자줏빛 외투)가 "남들이 뭐라 해도 난 에메랄드다. 나만의 색깔을 지키겠다"라고 말하는 것처럼 말이다.

16. 이성은 결코 평정심을 흐뜨리지 않는다. 다시 말해, 우리가 이성 때문에 열망의 나락에 빠져드는 일은 없다. 누군가가 당신의 공포심과 고통을 자극한다면 그냥 내버려두자. 어차피 이성 자체가 우리를 나쁜 길로 가도록 내버려두지 않을 테니.

육체를 잘 보살펴 가능한 상처를 입지 않도록 조심하자. 만약 상처를 입었다면 그 고통을 솔직하게 표현하자. 그러나 영혼(공포와 고통을 느끼며 그 감정을 자각하는 유일한 존재)은 자신의 고통을 인정하지 않는 한 결코 상처를 입지 않는다.

이성 그 자체는 우리가 무언가의 필요를 인정하기 전에는 아무것도 원하지 않는다. 때문에 스스로 혼란과 고통을 초래하지 않는 한 혼란스러울 것도, 고통스럽거나 괴로울 것도 없다.

17. 행복은 좋은 기운이자 긍정적인 이성이다. 그렇다면 그대는 대체 무엇을 하고 있는가? 아! 환상에 빠져 있는가? 신의 이름으로 맹세하나니, 망상이여! 네가 원래 있던 곳으로 돌아가라. 넌 그저 익숙한 옛 습관 때문에 나를 찾아왔겠지만 나는 네가 필요치 않다. 네게 악의는 없다. 다만 빨리 사라져다오!

18. 인간은 변화를 두려워하는가? 그렇다! 그러나 변화 없이 탄생하는 것은 없으며 변화 자체보다 우주의 본질에 근접한 것은 없다. 음식물이 변하지 않고서야 어찌 영양을 섭취할 수 있겠는가? 또한 삶에 필요한 것을 어찌 구할 수 있겠는가? 우주의 본질에서도 개인의 변화는 반드시 필요하다.

군사를 이끌고 야만족 정벌에 나선 마르쿠스 아우렐리우스(정중앙, 닭볏 장식의 투구를 쓴 사람). 이 작품은 기원전 2세기의 석관 부조 작품이다.

19. 인간의 육신은 거세게 용솟음치는 급류를 지나 우주 전체와 하나로 융화된다. 얼마나 많은 크리시포스와 소크라테스, 에픽테토스가 시간 속에 묻혀갔던가! 누구를 대하든, 무슨 일이 있든 이 점만은 반드시 기억해두자.

20. 나의 관심사는 단 하나다. 인간의 본성이 허락하지 않는 일 혹은 그런 방식을 행하지 않으려는 것이다.

21. 그대는 순식간에 모든 것을 잊을 테고, 세상 만물 역시 금세 당신을 잊을 것이다.

22. 인간은 잘못을 저지른 사람까지 사랑할 줄 아는 특별한 능력이

있다. 우리 모두는 동족이며 그가 고의가 아닌 무지로 잘못을 저질렀다고 생각해보자. 당신이나 그나 조만간 죽음에 이른다는 사실을 떠올리면 저절로 박애정신이 솟아날 것이다. 게다가 그가 당신에게 피해를 준 것은 아니지 않는가. 그가 잘못을 저질렀다고 해서 당신의 이성을 망가지게 한 것은 아니니 말이다.

올곧은 길을 따르면
복을 얻으리라

23. 우주는 마치 밀랍을 다루듯 처음에는 말 한 마리를 빚었다가 부수고 다시 나무를 만들고, 인간을 만들고 그리고 세상 만물을 빚어낸다. 때문에 각기 형상은 아주 짧은 시간 동안만 존재할 뿐이다. 상자를 만드는 것과 부수는 것은 결국 똑같은 의미로, 아무런 감동도 주지 못한다.

24. 우주를 지배하는 자연은 눈앞의 모든 것을 금세 변화시킬 것이다. 그러나 이것들이 얼마나 빨리 변화할지는 아무도 알지 못한다. 다

그리스 도자기병에 그려진 〈오이디푸스 Oedipus 왕〉의 한 장면. 〈오이디푸스 왕〉 은 고대 그리스의 비극시인 소포클레스 Sophocles가 쓴 대표적인 비극 작품 가운 데 하나다.

만 기존의 사물이 새로운 무언가로 재창조되면서 세상은 끊임없이 변화하고 새로워질 뿐이다.

25. 얼굴에 깃든 분노는 매우 부자연스럽다. 때문에 자주 화를 내면 모든 아름다움이 사라지고 미모 역시 사그라질 것이다.

26. 누군가가 당신에게 잘못을 저질렀는가? 그렇다면 그가 선악에 대해 어떤 판단을 내리고 잘못을 저질렀는지 생각해보자. 그의 생각이 어떻든 간에 먼저 그를 이해하게 되면, 경악하거나 분노하는 마음 대신 동정심을 느낄 수 있을 것이다. 당신의 선악에 대한 개념도 그와 같거나 비슷하지 않겠는가. 그러니 기꺼이 그를 용서해주자.

27. 가지지 못한 것을 이미 가진 듯이 여기는 헛된 망상에 빠지지

폼페이 고성에 자리한 아폴로 신전. 기원전 6세기에 건설된 폼페이 고성은 79년 베수비오 화산 폭발로 파괴되었다.

어느 죄인과 비통해하는 그의 아내.

말고 이미 소유한 것 가운데 최고를 골라내자. 만약 그것이 당신 소유가 아니었다면 또 얼마나 애를 태웠겠는가. 단, 지나치게 득의양양한 나머지 그것을 잃어버렸을 때 끔찍한 고통에 빠지지 않도록 주의하자.

28. 혼자만의 생활을 영위하자. 이성은 자신의 정당한 행위와 그로 인해 비롯된 평온함에 만족감을 느낀다.

29. 환상을 버리자! 더는 감정에 끌려 다니는 꼭두각시가 되지 말아야 한다. 명확한 현실감각을 가지고 자신에게 벌어진 일 혹은 남에게 닥친 일을 정확히 이해하자. 자신이 아는 모든 사물을 분석해 그 실체를 파악하자. 그리고 본인의 마지막 날에 대해 생각해보라. 혹여 당신에게 잘못을 저지른 사람이 있더라도 크게 개의치 말자. 그 일은 그 사

람 본인이 해결해야 한다.

30. 전해 들은 모든 사안에 주의를 기울이자. 그리해서 일의 결과 및 그 결과를 초래한 원인에 대해서도 꿰뚫어보아야 한다.

31. 소박하고도 꾸밈없는 표정으로 공손한 태도를 보이자. 미덕과 사악의 경계선에 있는 사물이라면 아예 거들떠보지도 말라. 인류를 사랑하고 신을 추종하자. 옛 철학자[1]는 다음과 같은 말을 남겼다. "일체 만물은 일정한 법칙에 따라 존재한다. 단, 이 모든 것은 단지 원소 덩어리에 지나지 않는다." 그러나 우리는 일체 만물이 우주법칙의 지배를 받는다는 사실을 기억하는 것만으로도 충분하다.

32. 만약 우주가 원자로 구성되어 있다면 죽음이란 단지 원자의 분해에 지나지 않는다. 그리고 만약 우주가 하나의 단일한 총체라면 죽음이란 소멸 혹은 형태의 변화에 불과할 뿐이다.

33. 참을 수 없는 고통은 우리 자신을 파괴한다. 그러나 그저 끊임없이 지속되는 고통일 뿐이라면 충분히 견뎌낼 수 있다. 마음을 굳게 다잡으면 평정심을 유지한 채 (이성의) 상처를 피해갈 수 있다. 고통으로 상처 입은 부위는 (하고픈 말을 다 토해낼 수 있도록) 그냥 가만히 내버려두는 것이 좋다.

---

1 데모크리토스를 가리킨다.

네덜란드 화가 에베르딩겐Everdingen의 작품으로, 리쿠르고스Lycurgus[2]가 부하들에게 군사지식을 가르치고 있는 모습이다. 무력을 숭상했던 스파르타에서는 건강하지 않은 아기가 태어나면 가차 없이 내다버렸다. 7세 이전의 남아는 부모 밑에서 철저한 예절교육을 받았으며 7세 이후에는 군대에 들어가 단체생활을 해야 했다.

34. 명예를 좇는 자의 마음을 들여다보고 그들의 야심과 특징, 그리고 증오심 등을 파악하자. 그러나 이 점을 기억하자. 바닷가 백사장에는 끊임없이 밀려드는 새로운 모래 때문에 기존의 흔적이 금세 사라진다. 인생도 그와 마찬가지다. 어제의 흔적은 내일이 오면 순식간에 묻힐 것이다.

35. "고귀한 영혼을 가진 자, 즉 시간과 일체 사물에 대해 명철한 견해를 지닌 사람이 과연 인생 자체를 대단히 엄숙하고 중요한 것이라고 생각할까? 아니다! 그렇다면 그는 죽음을 두려워할까? 전혀 그렇지 않

---

2   스파르타의 전설적인 지도자 겸 입법자.

15세기 이탈리아 피렌체화파의 대부 보티첼리Sandro Botticelli가 그린 〈봄Primavera〉이다. 화폭 전체에 드리워진 만개한 장미꽃은 로마의 제왕을 상징한다.

다!"[3] -플라톤

36. "선행을 하고도 비난받는 것이 곧 제왕의 본분(운명)이다." -안티스테네스Antisthenes[4]

37. 마음을 좇아 겉모습과 분위기를 꾸몄는데도 도리어 마음 자체가 외양을 다스리지 못한다면 부끄러운 일이다.

---

3 플라톤의 《국가론Republic》에 나오는 말이다.
4 기원전 5세기에 견유학파를 창시한 철학자다.

38. 물건에 화를 내봤자 아무런 소용이 없다. 사물은 당신의 기분 따위에 전혀 개의치 않기 때문이다.

39. 신과 나 자신에게 기쁨을 선사하자.

40. 생명이란 잘 익은 곡식처럼 베어지게 마련이다. 하나가 떨어지면 곧 다른 하나가 솟아오른다.[5]

41. "신께서 나와 내 아들들을 버린다면, 분명히 그럴 만한 이유가 있을 것이다."[6]

42. 정의와 행운은 내게 깃들어 있다.

43. 분위기에게 휩쓸려 울부짖거나 내키는 대로 발악하지 말자.

44. "난 삶과 죽음의 가치를 시시콜콜 따지느라 오히려 본인의 행동이 정의로운지, 올바른지에 관심을 두지 않는 자에게 분명히 말할 수 있다. '당신은 틀렸소!'라고."[7] -플라톤

45. 친구들이여, 생각해보라. 진정 숭고하고 선량한 일이란 남을 돕

5 에우리피데스Euripides의 희극 작품에 나오는 말이다.
6 이 역시 에우리피데스의 희극 작품에서 발췌했다.
7 플라톤의 《소크라테스의 변명Apology of Socrates》에 나오는 말이다.

176

하드리아누스 황제 부인 사비나의 좌상. 이미 폐허가 된 북아프리카의 어느 로마극장을 조용히 바라보고 있다.

고 또 남의 도움을 받는 데 있다. 그게 아니라면 대체 무엇이 숭고하겠는가? 현명한 사람은 삶의 길고 짧음에 집착하지 않는다. 목숨(생명)을 탐하는 대신 모든 것을 신께 맡기는 것이다. 슬픔에 빠진 여자들이 내뱉는 속담이 있다. "인간은 운명과 겨룰 수 없다." 그러니 살아 있는 동안 어떻게 하면 가장 아름답고 멋지게 살 수 있을지나 고민해보자.[8]

46. 밤하늘 별들의 움직임을 잘 관찰해보자. 마치 그대도 별과 함께 움직이는 듯 원소끼리의 변화와 움직임에 대해 잘 살펴보자. 이러한 생각이 속세의 더러운 먼지를 말끔히 씻어줄 것이다.

---

8 플라톤의 《고르기아스Gorgias》에 나오는 말이다.

47. 플라톤이 남긴 말은 진정으로 옳다.[9] "사람의 일을 논할 때는 세속에 초연해 좀더 높은 시야에서 세상만사를 굽어보아야 한다. 수많은 인간군상이 군사훈련을 받고, 농사짓고, 결혼하고 이혼하고, 태어나고 죽고, 법정에서 고함치고, 사막에서 고독에 몸부림치고, 기쁨과 슬픔을 느끼고, 단결하는 등 상호모순적인 잡다한 사건에도 체계적인 질서가 있게 마련이다."

48. 무수한 왕조가 수없이 뒤바뀐 과거를 생각해보면 미래 역시 과거와 비슷하리라 예상할 수 있다. 현존하는 우주의 법칙은 계속 반복할 것이기 때문이다. 그러니 40년을 살든, 1만 년을 살든 우리가 바라보는 인생은 마찬가지다. 별 다른 것이 뭐가 있겠는가?

49. 속세에서 자란 것은 속세로 돌아가고 흙에서 난 것은 흙으로 돌아간다. 또한 하늘에서 태어난 것은 머지않아 하늘로 돌아간다. 즉, 결국은 원자가 와해되거나 혹은 (지각력이 없는) 원소가 분해되는 과정일 뿐이다. (어느 쪽이든 별 차이는 없다)

50. 격투기에 능한 자들은 봉사정신이나 겸손함이 없고, 임기응변에 능하지도, 이웃의 잘못을 용서해주지도 못한다.

51. 인간과 신의 공통된 이성에 따라 일을 행하면 전혀 두려울 것이

---

9 · 본 단락의 다음 글귀는 플라톤이 남긴 말이 아니었기에 삭제한 듯하다.

격투 및 레슬링 시합.

없다. 올바른 길을 따라 자신을 만족시키면 (해악을 당하기는커녕) 저절로 복이 들어올 것이다.

52. 신의 뜻을 좇는 신자로서, 언제 어디서든 현실에 만족하고 이웃에게 올바로 대해야 한다. 또한 아직 검증되지 않은 상념에 휩쓸리지 않기 위해 자신의 생각을 조심스레 다잡을 필요가 있다.

53. 다른 사람의 이성에 눈길을 돌리지 말고 "자연이 지금 나를 어디로 이끌고 있는가"에 관심을 기울이자. 자연, 즉 우주를 다스리는 힘은 우리를 둘러싼 사물을 통해 표출되고, 본성을 다스리는 힘은 우리의 행동 하나하나를 통해 표출된다. 인간은 누구나 본성에 따라 일을 행해야 한다. 세상 만물은 이성적 동물(인간)을 위해 존재하며(무릇 저

투키디데스Thucydides는 펠로폰네소스 전쟁에서 패배
해 조국에서 추방당했다. 이후 전심전력을 기울여 해
당 전쟁의 역사적 사실을 기록한 《펠로폰네소스 전쟁
사History of the Peloponnesian War》를 완성했다. 이 저작은
객관적인 시야로 역사를 기술한 역사서의 전형으로 주
목할 만하다.

급한 것들은 더 상위의 존재를 위해 존재한다) 이성적 동물은 자신의 이
익을 위해 전력을 다한다.

　인성의 가장 중요한 특징은 다음과 같다. 첫째는 인간과 인간 사이
의 의무감이고, 둘째는 육체적 욕구에 대한 저항심이다. 스스로 오롯
이 독립함으로써 감정이나 욕망에 지배당하지 말자. 감정이나 욕망은
야만스러운 본능으로, 이보다는 이성적인 활동이 훨씬 우월한 법이다.
이성은 감각과 욕망을 다스리는 힘을 내포하며 인간을 잘못된 길로 인
도하는 잔학하고 파괴적인 성질은 담지 않는다. 그러므로 이성의 원칙
에 따라 용감하게 앞으로 나아가자. 그리고 이성 본연의 기능을 온전
히 발휘하도록 하자.

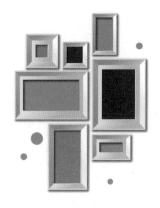

고통은
수치스러운 것이 아니다

54. 언제나 건강한 몸매를 유지해 행동할 때나 쉴 때나 불편함이 없어야 한다. 마음의 감정은 얼굴뿐 아니라 전체 자태에서도 가감 없이 드러나는데, 이는 노력이 아닌 자연스러운 상태에서 솟아나야 한다.

55. 당신이 맞닥뜨린 것들, 그리고 운명이 일으킨 사건을 사랑으로 받아들이자. 당신에게 이보다 더 잘 어울리는 것이 어디 있겠는가?

56. 의외의 사건이 벌어질 때면 이미 그 일을 겪은 사람들을 떠올려

고대 그리스 시대 작품이다. 앞을 향해 내달리는 기수를 표현했다.

보자. 그들은 얼마나 고통스럽고, 슬프고, 흥분되고, 힘들었겠는가. 그러나 이들은 지금 어디에 있는가? 어디에도 없다! 그렇다면 당신은 그들처럼 되고 싶은가? 차라리 숱한 고민과 번뇌 따위는 남에게 넘겨주는 편이 낫지 않겠는가? 불의의 사건 자체를 유익한 교훈으로 받아들이는 것은 어떠한가? 약점을 지혜롭게 이용하면 화를 복으로 바꿀 수 있다. 그러니 항상 '자신에게 최선의 선택을 하도록' 노력하자. 또한 매 순간 목적에 알맞은 선택(무엇을 버리고, 무엇을 취할 것인가)을 해야 함을 명심하자.

57. 내면을 들여다보자. 그 안에 자리한 선의 원천을 파내면 끊임없이 맑은 물(선)이 솟아날 것이다.

58. 지금 당신은 이미 죽었다고, 인생은 모두 끝이 났다고 생각해보

에피쿠로스학파를 창시한 고대 철학자 에피쿠로스.

자. 지금부터 주어진 약간의 시간은 현생의 삶이 조금 더 연장된 것일 뿐이다. 그러니 이제부터는 자연의 법칙에 따라 살아가도록 하자.

59. 인생은 춤이라기보다 레슬링에 가깝다. 매 순간 불시의 일격에 대비하며 꿋꿋이 서 있어야 하기 때문이다.

60. 당신에게 칭찬을 늘어놓는 이들이 어떤 사람들인지, 어떤 이성을 갖추었는지 끊임없이 생각하자. 그러면 상대가 아무리 커다란 죄를 저지르더라도 그들을 탓하지 않을 수 있다. 상대의 내면에 자리한 욕망과 생각을 훤히 꿰뚫어본다면 애초에 그들의 칭찬 따위는 기대하지도 않게 되리라.

61. 플라톤은 이런 말을 남겼다. "그 누구도 일부러 진리를 내팽개

치는 자는 없다." 물론 정의·절제·사랑을 비롯한 미덕도 마찬가지다. 이 말을 기억한다면 사람들에게 좀더 관대해질 수 있을 것이다.

62. 고통스러울 때마다 이렇게 생각하자. "고통은 수치스러운 것이 아니며 내 영혼에 아무런 해도 되지 않는다. 고통은 영혼의 이성과 이타심을 해치지도 않는다." 그러나 대부분의 경우, 고통스러울 때면 에피쿠로스Epicurus의 조언이 도움이 되기도 한다. "참을 수 없는 그리고 그치지 않는 고통이란 없다." 고통에는 반드시 한계가 있음을 기억하고 이를 지나치게 확대해석하지 않도록 하자. 일상생활에서 불편한 것들, 즉 졸리거나 열이 나거나 식욕이 떨어지는 것 등은 진정한 고통이 아니다. 만약 이런 괴로움에 시달리고 있다면 자신에게 이렇게 고백하자. "나는 고통에 굴복했다!"라고.

63. 비인간적인 악인이 품는 마음을 품지 않도록 조심하자!

64. 온 세상이 당신에게 저주를 퍼붓고 거친 짐승이 사지를 갈기갈기 찢어놓더라도, 극한의 평정심을 유지하며 그 무엇에도 흔들리지 말자. 그 어떤 것도 당신의 평정심을 흩뜨리거나 외부에 대한 명확한 판단력을 망가뜨릴 수 없다. 또한 '이성이 지배하는 현실'을 망칠 수도 없다. 그러므로 어떤 일에 부딪히더라도 이렇게 담담히 말해보자. "다른 사람이 뭐라 말하든 나는 원래 이런 사람이다." 그리고 당신을 혹사시키는 괴로운 사건에 이렇게 말해보자. "마침 너를 찾고 있던 중이다!" 눈앞에 닥친 모든 일은 이성과 이타심이라는 미덕을 키워주는 좋

짐승과 결투를 벌이는 전사들. 상처
입은 한 남자가 격투기장 바닥에 웅
크려 있고 나머지 두 사람이 사자와
치열한 싸움을 벌이고 있다. 이들 격
투사는 (야수에게 처형당하는 판결
을 받은) 죄수들과 달리, 엄격한 훈
련을 거친 뒤 준비된 무기를 들고 전
투에 임했다.

은 재료다. 즉, 인간 및 신의 예술 작품을 창조하는 데 훌륭한 기초가
되는 것이다. 세상만사는 인간 혹은 신과 밀접한 관계를 맺고 있다. 때
문에 모든 것은 낯설고 힘든 것이 아닌 익숙하고 쉬운 삶의 일부에 속
한다.

65. 완성된 인간은 하루하루를 마치 마지막인 듯 살아가며 결코 흥
분하거나 거짓되거나 둔감하게 행동하지 않는다.

66. 불멸의 신은 숱한 인간의 악행에 분노하거나 번뇌하는 대신 오
히려 여러모로 인간을 돌보아준다. 헌데 머지않아 죽음에 이를 당신이
도리어 큰소리를 내다니, 그대야말로 악인이 아닌가.

67. 텔라우게스Telauges[10]가 소크라테스보다 못하다고 어찌 확신할

---

10 피타고라스의 아들이다. 일설에 따르면 엠페도클레스Empedokles의 스승이었다고 한다.

시타의 묘비. 트라키아Thrace 사람인 루푸스 시타Rufus Sita는 일찍이 1세기경 로마인과 함께 브리튼에서 기병으로 활약했다.

수 있는가? 과연 소크라테스가 영예로운 죽음을 선택했고, 궤변론자에 맞서 탁월한 반론을 펼쳤고, 매일 밤 추위의 고통을 이겨냈고, 무고한 살라미스인을 체포하라는 명[11]을 받았을 때 목숨을 걸고 저항했고, 매번 당당히 고개를 들고 활보했기 때문인가. 물론 위 사건의 진실성에 의심을 품는 바는 아니지만 단지 이런 증거만으로는 불충분하다. 이밖에도 "소크라테스는 어떤 영혼을 지녔는가?"를 반드시 알아야 한다. 그가 진정으로 사람들을 공명정대하게 대하고 경건한 마음으로 신을 받들었는가? 남의 악행에도 분개하지 않고 상대의 무지몽매함에 농락당하지 않았는가? 우주 전체에서 비롯된 운명을 기꺼이 받아들이

---

11 당시 서른 명의 참주가 군사 독재를 펼치던 폭정暴政 시대에 소크라테스는 살라미스로 도주한 시민 레온을 체포하라는 명을 받았다. 그러나 그의 무고함을 안 소크라테스는 위험을 무릅쓰고 독재자의 명령에 불복했다.

고 '육체의 욕망'에 이성을 잃지 않았는가? 나는 진정 이것이 알고 싶을 뿐이다.

68. 자신의 행동은 통제할 수 있지만 남의 행동을 다스리는 것은 불가능하다. 그런데도 자기 잘못은 제쳐두고 남 탓만 하는 사람은 어리석기 그지없으니.

69. (이성적 판단에 의해 드러나는) '이성 및 사회성에 부적합한 것'들은 그 자체만으로도 올바르지 않다.

70. 누군가에게 도움을 주고 또 도움을 받는 것 외에 무엇이 더 필요하겠는가? 혹여 은혜를 베푼 것에 대한 칭찬이나 보답을 원하는가?

71. 누구라도 이득이 되는 일은 거부하지 않으리라. 자연의 법칙에 따라 일을 행하는 그 자체가 유익한 것이니 "자신과 남에게 유익한 일"을 행하는 데 주저하지 말자.

72. 우주 전체는 하나의 완전한 우주를 창조하려는 본성이 있다. 때문에 지금 일어나는 모든 일은 자연적 인과관계에 따르거나 우주적 이성의 직접적인 통제를 받는 것들이다. 이 점을 기억한다면 아무리 끔찍한 사건이 일어나더라도 심리적 평정심을 유지할 수 있을 것이다.

제8장

"화살이 한 방향으로 나아가듯 마음 역시 자신만의 길로 움직인다. 단, 우리가 무언가를 경계하거나 연구할 때에도 마음은 줄곧 앞으로, 목표를 향해 나아간다."

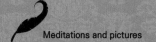
Meditations and pictures

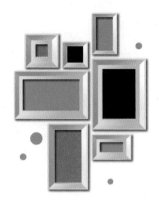

보이지 않는 미래보다
눈앞의 사물에 집중한다

1. 삶 전체를 통틀어 혹은 청년이 된 이후에 철학자다운 삶이 불가능하다는 것을 깨달으면 헛된 명예를 좇는 망상을 떨칠 수 있으리라. 그대도 (다른 사람과 마찬가지로) 자신이 철학과 동떨어져 있음을 알지 않는가. 칠흑 같은 삶 속에 헤매는 당신은 '철학자'라는 미명은커녕 평생 철학과 무관하게 살 것이다. 만약 당신이 진리를 꿰뚫어볼 수 있다면 남들의 시선이나 생각 따위는 제쳐두고 자신의 본성에 따라 여생을 꾸리자. 자신이 바라는 바를 명쾌히 알되 그 어떤 것에도 방해받아서는 안 된다. 과거의 경험이 알려주듯(그간 얼마나 깊은 심연을 헤매었

말이 끄는 전차.

던가. 그래도 아직까지 진정한 삶을 누리지 못했나니) 진정한 삶이란 탁월한 논리, 재산, 명예, 향유, 장소와는 전혀 관련이 없다. 그렇다면 진리는 대체 어디에 있는가? 바로 본성에 따라 일을 행하는 과정 속에 있다. 그러면 우리는 어떻게 해야 할 것인가? '인간의 의도 및 행위'에 관한 본질을 알아야 한다. 여기서 본질이란 무엇인가? 이는 곧 '인간을 정의롭게, 자애롭게, 용감하게, 자유롭게 만드는 것은 선이며 이에 반대되는 것은 악'이라는 믿음이다.

2. 어떤 행위를 할 때면 자신에게 이렇게 되물어보자. "이것이 내게 어떤 영향을 미칠까? 혹시 후회하지는 않을까? 머지않아 나는 죽음을 맞이하고 모든 것은 무無로 돌아갈 것이다. 그러니 인간과 신의 공통된 법칙하에 이성적·사회적 책임을 안고 눈앞의 일을 이룰 수 있다면 무

하드리아누스 황제의 반신조각상.

아우구스투스의 금위부대. 초창기 금위부대의 임무는 단지 황제의 안전을 책임지는 것뿐이었다. 그러나 이후 막강한 세력을 장악한 금위부대는 몇몇 황제의 황위를 좌지우지하기도 했다.

엇을 바라겠는가?"

3. 디오게네스·헤라클레이토스·소크라테스의 눈에 알렉산더·카이사르·폼페이우스는 대체 어떤 존재였을까?[1] 전자의 세 명은 각 사물의 형식과 본질을 파악해 실체를 통찰했으며 그들 자신이 곧 이성이었다. 그러나 후자의 세 명은 어떠했는가? 온갖 일에 얽매여 마치 노예처럼 살지 않았던가!

4. 첫째, 분노하지 말라. 일체 만물은 우주의 법칙에 따라 이루어지

---

1 디오게네스·헤라클레이토스·소크라테스는 그리스의 철학자였고 카이사르·폼페이우스는 고대 로마의 장군 겸 정치가로서 혁혁한 공적을 세웠다.

는 법이다. 그대도 머지않아 하드리아누스와 아우구스투스처럼 이 땅에서 사라지게 되리라. 둘째, 모든 사물을 대할 때는 먼저 그 본질을 깊이 통찰하고 이해해야 한다. 또한 스스로 좋은 사람이 되리라 다짐하고 본성이 이끄는 대로 행동하자. 흔들림 없이 용감하게 앞으로 나아가야 한다. 무릇 세상만사는 신의 뜻에 따라 합당하게 이루어지니 반드시 겸허하고 겸손하게 살아가자.

5. 우주의 자연 법칙은 이것을 저쪽으로 옮기고, 그것을 변화시키고, 다시 저것을 이쪽으로 옮겨놓는다. 일체 만물은 변화하게 마련이니 새로운 것이 나타났다고 두려워할 필요는 없다. 모든 것은 옛것의 일환이며 그 구성 성분 역시 하나도 변하지 않기 때문이다.

7. 학문을 탐구하지 않더라도 자만하거나 경거망동해서는 안 된다. 쾌락과 고통을 넘어서고 헛된 명예욕은 내려놓자. 우둔하고 배은망덕한 자에게 분노하지 말고 오히려 그들을 겸허히 감싸주자.

8. 모든 사물은 스스로 순조롭게 발전할 때 만족감을 느낀다. 이성적인 인간이 '순조롭게 나아간다는 것'은 그 어떤 거짓된 혹은 혼탁한 사물에 현혹되지 않고, 사회적인 행동 이외에 어떤 유혹에도 흔들리지 않으며, 우주의 자연이 부여한 모든 것을 기꺼이 받아들이는 것을 의미한다. 이성적인 인간은 자연의 일부에 속해 있다. 마치 나뭇잎의 본성이 나무의 본성에 속해 있는 것처럼 말이다. 물론 여기에도 약간의 차이점은 존재한다. 즉, 나뭇잎의 본성은 무감각하고 비이성적인

로마제국 시대 사람들은 주사위 시합을 무척 좋아했다.

실체의 일부이기에 시련에 좌절하기 쉽다. 그러나 인간의 본성은 이성적이고 정의로운 자연의 일부이므로 결코 좌절하지 않는다. 이성적인 자연은 모든 인간에게 필요한 시간, 본질, 형식, 에너지와 환경을 고르게 배분해준다. 그러므로 상황이 닥칠 때마다 하나의 사물이 다른 사물과 대등한지를 따지기보다는 전체적으로 판단하는 시각이 필요하다. 즉, 이쪽 전체가 다른 쪽 전체와 대등한지를 따져보는 것이다.

9. 후회란 '어떤 유익한 사물'을 그냥 흘려보냈다는 일종의 자책이다. '선'은 분명 유익한 것이기에 진정한 선인은 선행을 베풀기 위해 힘쓴다. 또한 진정한 현자는 '쾌락'을 흔쾌히 흘려보낸다(이는 결코 후회스러운 일이 아니다). 결국 쾌락은 유익하지도, 선하지도 않은 것이다.

10. 제 홀로 구성된 이 물체는 대체 무엇인가? 그 본질과 형식은 어떠한가? 우주에서 어떤 역할을 차지하며 또 얼마 동안 존재할 것인가?

11. 침대에서 게으름을 피우고 싶을 때면 이렇게 생각해보자. "인

양치기 소년의 조각상. 당시 시골의 고즈넉
한 매력을 한껏 드러내고 있다.

류에 대한 책임을 다하는 것이 나의 본분이자 인간 본성에 어울리는 행위다. 잠이란 비이성적인 동물과 인간의 공통적인 본능인 데 반해, 인간 본성에 따르는 행위는 훨씬 유쾌하고 친절하고 값진 것이다."

12. 누구를 만나든 자기 자신에게 "이 사람은 선악에 대해 어떻게 생각하고 있을까?"라고 물어보자. 만약 그가 쾌락과 고통 및 그 원인, 미명과 악명, 삶과 죽음에 대해 어떤 특정한 견해를 가지고 있다면 그에 따르는 행동을 하더라도 결코 놀랍지 않을 것이다. 그리고 "그는 이렇게 행동할 수밖에 없으리라"고 인정하게 된다.

13. 가능한 한 모든 상황에서 물리학·윤리학·논리학의 규범에 따라 자신의 이미지를 고찰해보자.[2]

---

2 스토아학파는 물리학·윤리학·논리학 3대 영역을 연구했다. 그들은 그 가운데 윤리학을 가장 중시했다.

14. 모든 실체는 (심지어 말 한 마리나 포도나무 한 그루까지도) 반드시 살아 있는 목적이 있으며 이는 전혀 놀라운 일이 아니다. 태양의 신이 "나는 주어진 일을 위해 존재한다"라고 말할 때면 다른 신들은 "나도 마찬가지다"라고 생각할 것이다. 그렇다면 당신이 존재하는 이유는 무엇인가? 쾌락을 위해서인가? 물론 그것은 절대 아니다.

15. 남의 충고를 수용해 자기주장을 바꾸었다고 결코 자유로운 표현의지가 꺾인 것은 아니다. 왜냐하면 당신은 자신의 동기·판단력·지혜에 합당한 행동을 하기 위해 최선을 다해 노력했기 때문이다.

16. 당신에게 선택권이 주어진다면 그래도 이 일을 할 텐가? 그러나 만약 선택권이 없더라도 도대체 누구를 원망하겠는가? 원자를 원망할 것인가, 혹은 신을 원망할 것인가? 무엇을 원망하든 모두 터무니없는 짓일 뿐이니 어떤 것도 탓하지 말자. 할 수 있다면 스스로 잘못의 원인을 바로잡으면 된다. 만약 해낼 수 없다 해도 누구를 원망한들 무슨 소용이 있으랴? 무릇 소용없는 짓은 삼가야 하거늘.

17. 죽는 것이 우주 밖으로 내팽개쳐지는 의미는 아니다. 우리의 영혼은 여전히 이곳에 존재하며 변화를 거듭해 원래의 성분 즉, 우주의 원소로 변화해간다. 우주의 원소는 숱한 변화를 거치면서도 그 자체를 원망하거나 불평하지 않는다.

18. 무화과나무에 무화과가 열렸다고 놀라워하는 것은 어리석기 그

로마 군대인 백인대Centuria. 백인대는 100명의 기병, 즉 나이트Knight를 선발해서 만든 부대로 켄투리아 centuria라고도 한다. 오른쪽은 대장, 왼쪽은 사병을 나타내고 있다.

지없다. 우주가 만들어낸 고유의 성과에 놀라는 것 역시 마찬가지다. 일례로, 의사가 환자에게 열이 난다고 혹은 조타수가 역풍이 분다고 놀라는 것은 멍청한 짓이 아니겠는가.

19. 남에게 궁정생활의 고충을 토로하지 말자. 아니, 자신의 귀에도 들리지 않도록 해야 한다.

20. 모든 사물의 생성·유지·소멸은 자연계의 목적 내에서 이루어진다. 일례로 누군가 공 하나를 던졌다고 가정해보자. 그가 공을 던졌다고 대체 어떤 이득이 생기는가? 또 공이 땅 위로 떨어졌다고 어떤 해가 닥치겠는가? 물방울이 응결된다고 어떤 이득이 있고 또 그것이 사라진다고 어떤 해가 되겠는가? 이는 불꽃 역시 마찬가지다.

21. 육신을 뒤집어 잘 관찰해보자. 늙었을 때, 병들었을 때, 죽었을 때는 과연 어떤 모습으로 변하는가? 찬사를 보내는 자와 받는 자, 기억하는 자와 기억되는 자 모두 이 세상의 한구석에서 짧은 순간 머물렀다 갈 뿐이다(심지어는 서로 협력하지 못하는 경우도 있다). 전 세계는 다만 한 점에 불과하다.

22. 눈앞에 놓인 것(행위나 원칙 혹은 그 의미)에 주의력을 집중하자. 오늘보다 내일 더 좋은 사람이 되고 싶다면 말이다.

23. 내가 지금 하는 일은 어떤 의미인가? 나는 사회에 유익한 일을 하고 싶다. 어떤 사건에 부딪혔다면 어떻게 할 것인가? 그것을 신의 뜻이라 여기고 기꺼이 받아들이겠다. 만물의 근원인 본질에서 생성된 것일 테니 말이다.

24. 목욕할 때를 떠올려보자. 기름, 땀, 먼지, 더러운 물과 온갖 혐오스러운 것들이 떨어져나간다. 우리 삶의 매 순간, 그리고 우리에게 벌어지는 모든 사건 역시 이와 마찬가지다.

25. 루킬라는 베루스Verus[3]를 매장한 뒤 그녀 자신도 땅속에 묻혔다. 세쿤다Secunda[4] 역시 막시무스의 죽음을 치른 뒤 곧 세상을 떠났다. 에

---

3 마르쿠스 아우렐리우스의 아버지.
4 막시무스의 아내.

시대의 명군名君 안토니누스 피우스 황제.

피틴카누스Epitynchanus[5]는 디오티무스Diotimus[6]를 묻은 후 세상을 등졌고, 안토니누스 피우스[7]는 파우스티나의 죽음 뒤에 잇따라 삶을 마감했다. 이런 사건은 줄곧 반복되었고 켈레르Celer[8] 역시 하드리아누스의 죽음을 보고도 자신의 죽음은 피하지 못했다. 이렇듯 탁월했던 자들, 미래를 예견하는 지혜와 자부심으로 가득 찼던 이들은 지금 대체 어디에 있는가? 예를 들어, 카락스Charax와 플라톤학파의 데메트리우스Demetrius[9], 그리고 에우데몬Eudaemon 같은 자들 말이다. 소멸하기 쉬운 이들 존재는 이미 오래전에 죽음을 맞이했다! 이중에는 죽은 지 얼마 지나지 않아 까맣게 잊힌 사람도 있고, 전설 속의 영웅이 된 자도 있으며, 그 어디에서도 흔적조차 찾아볼 수 없는 사람도 있다! 그러니 기억하자. 그대의 육신은 마침내 스러질 것이며 지금 내뱉는 숨 한 줄

---

5 하드리아누스의 수행원인 듯하다.
6 하드리아누스가 총애하던 노예.
7 고대 로마의 제15대 황제.
8 하드리아누스의 수행원이자 마르쿠스 아우렐리우스의 스승이었다. 수사학자로 활약하기도 했다.
9 기독교를 신봉한 로마인으로 후에 순교했다.

기도 언젠가 끊어지고 말리라. 그대 역시 결국 다른 곳으로 떠날 수밖에 없다.

26. 진정한 인간의 도리를 행한다면 기쁨을 느끼게 되리라. 여기서 말하는 진정한 인간의 도리란 동료에게 선의를 베풀고, 감각적 욕망은 무시하며, 거짓형상에 정확한 판단을 내리고, 우주의 자연법 및 자연법칙에 따라 일어나는 모든 일을 명확히 통찰하는 것이다.

고난을 기꺼이
받아들이자

27. 당신에게는 세 가지 관계가 존재한다. 첫째는 자기 육신과의 관계, 둘째는 일체 만물을 지배하는 신과의 관계, 셋째는 함께 살아가는 인간과의 관계다.

28. 육신에게 고통은 죄악이다. 그렇다면 육체 스스로 고통을 저주하도록 하자. 영혼에도 고통은 죄악이다. 하지만 영혼은 스스로 평정심을 유지하기에 고통을 죄악으로 받아들이지 않을 수 있다. 모든 신념과 동기, 욕망과 반감은 내면에서 솟아날 뿐 외부에서 뻗어나는 것

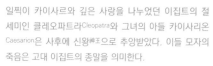
일찍이 카이사르와 깊은 사랑을 나누었던 이집트의 절세미인 클레오파트라Cleopatra와 그녀의 아들 카이사리온 Caesarion은 사후에 신왕神王으로 추앙받았다. 이들 모자의 죽음은 고대 이집트의 종말을 의미한다.

은 아무것도 없다.

29. 일체의 망상을 버리고 항상 자신에게 다짐하자. "나에겐 사악함과 욕망 혹은 그 어떤 근심거리에도 휩쓸리지 않을 만한 영혼의 능력이 있다. 또한 일체 사물의 본성을 꿰뚫어보고 그에 합당한 대응을 할 수 있다." 우리는 자연이 내린 영혼의 능력을 항상 기억해야 한다.

30. 원로원에서 연설하든, 누군가와 대화하든 언제나 자연스럽고 솔직하게 말하자.

31. 아우구스투스 시대의 궁정 사람들은 모두 죽음을 맞이했다. 아내·딸·자식·조상·자매·아그리파Agrippa[10]·가족·친척·친구·아레이우스

---

10 아우구스투스의 군관이자 로마의 정치가 겸 지리학자.

가운데 수레를 탄 인물이 티베리우스Tiberius
다. 그는 아우구스투스 황제의 황위를 물려
받기 이전에 용감한 장군으로 활약했다.

Areius[11]·마에케나스Maecenas[12]·의사·시종을 비롯한 모든 사람이 죽은 것
이다! 또 다른 기록을 보면, 개인의 죽음을 넘어 폼페이우스 일가처럼
가문 전체가 멸망한 사례도 있다. "가문의 마지막 후계자"라는 그 유명
한 묘비명을 생각해보자! 이들의 선조는 후계자를 남기기 위해 얼마나
노심초사했겠는가. 그러나 결국 마지막 후계자가 무덤에 묻힘으로써
일족은 멸망하고 말았다!

32. 하나하나의 행위를 통해 삶을 이끌어가며 매 순간의 행위가 목
표에 부합하도록 노력해야 한다. 당신의 노력을 방해할 자는 아무도
없다. "그러나 외부에 방해요소가 있을지도 모르지 않는가?" 그대가
정의롭고, 엄숙하고, 탁월하게 처신한다면 그 어떤 방해요소도 없을
것이다. "하지만 다른 분야의 활동에는 방해를 받을지도 모르지 않는
가?" 그렇다면 기꺼이 그 방해물을 받아들이자. 그리고 기민하고 유연

---

11 아우구스투스의 궁중 철학자.
12 문학과 예술의 후견인.

하게 상황에 대처하면 된다.

33. 교만함을 버리고 모든 것을 겸허히 받아들이는 한편 때론 망설임 없이 버릴 줄도 알아야 한다.

34. 당신은 잘린 손이나 발 혹은 몸뚱이에서 떨어져 나온 머리를 본적이 있는가? 만약 세상에 불만을 품고 제 홀로 틀어박히거나 비뚤어진 행동을 일삼는다면, 이는 마치 자기 몸뚱이를 잘라내는 것이나 다름없다. 어떤 상황에 부딪혀 원칙에서 벗어났다면 그는 자연의 일부에 해당하는 자신을 제멋대로 내팽개친 셈이다. 그러나 여기에는 오묘한 진리가 존재한다. 인간은 언제든 다시 자연의 일부로 돌아갈 수 있기 때문이다. 신은 '일단 떨어진 부위는 다시 회복될 수 없다'고 정해두었다. 그러나 자애롭게도 인간에게만은 특별한 혜택을 부여했다! 즉, 한때 자연을 벗어났더라도 다시금 총체의 일부가 될 수 있는 능력을 주신 것이다.

35. 판테이아^{Pantheia13}와 페르가무스^{Pergamus14}가 지금까지 남편의 묘지 곁을 지키고 있는가? 카브리아스^{Chabrias15}나 디오티무스가 하드리아누스의 묘지를 지키고 있을까? 그것은 그저 터무니없는 생각일 뿐이다! 설사 그들이 줄곧 무덤을 지켰다고 해도 죽은 자들이 알기나 하겠는가? 혹여 안다 하더라도 과연 기뻐할까? 설령 죽은 자가 기뻐하더라도 산 자가 영원한 삶을 누리는 것은 아니지 않은가? 아무리 특별한 사람이라도 늙어 죽는 운명은 피할 수 없다. 그들마저 죽은 뒤엔 대체 무엇이 남는가? 결국 모든 것은 해골에 고인 썩은 물에 불과할 뿐이다.

36. 우주의 본성이 모든 이성적인 동물에 일체의 능력을 부여한 덕분에 우리는 다음과 같은 능력을 얻게 되었다. 즉, 우주와 자연은 눈앞의 모든 장애물을 유용한 기회로 바꿔 (운명의 변화를 추구함으로써) 우주의 일부로 재탄생시킨다. 그러므로 이성적인 동물 역시 매 순간의 장애물을 유리한 계기로 바꿀 능력을 갖춘 셈이다.

37. 상상 속 인생에 미리 겁을 집어먹지 말자. 앞날에 숱한 고통과 번뇌가 있으리라 지레 짐작할 필요는 없다. 매번 일이 생길 때면 자신에게 반문해보자. "이쯤이야 인내하지 못할 이유가 뭐가 있는가?" 그대에게 고통을 주는 것은 과거도, 미래도 아닌 현재임을 깨닫자. 부담을 떨치고 자신의 내면을 채찍질한다면 견디지 못할 고통이 어디 있으

---

13 루키우스 베루스Lucius Verus의 아내로, 절세미인으로 유명했다.
14 루키우스 베루스가 총애하던 시종.
15 하드리아누스가 총애하던 시종.

노동하는 사람들.

라. 어느덧 고통 따위는 별 것 아닌 미미한 흔적으로 사라질 것이다.

38. 당신은 예리한 안광을 지니고 있는가? 어느 철학자가 "언제라도 예리한 안광을 지혜롭게 사용할 줄 알아야 한다"라고 말했듯 말이다.

39. 이성적인 동물(인간)에게 '정의에 모순되는 미덕'이란 없다. 하지만 쾌락과 모순되는 미덕이 있으니, 그것은 바로 절제다.

40. '상상 속의 고통'에 대한 생각을 말끔히 지워버리면 당신 자신은 더없는 평온함을 누릴 수 있을 것이다. 그렇다면 여기서 '당신 자신'이란 대체 무엇인가? 이성일까. 물론 '나' 자체는 이성이 아니지만 여기서는 그렇다고 해두자. 그러니 이성이 스스로 괴롭히지 않도록

해야 한다. 반면 다른 부분에 문제가 생기면 그 자체만 고민하면 될 것이다.

41. 야만스러운 짐승이 감각과 욕망을 다스리지 못하는 것은 일종의 심각한 결함이라 할 수 있다. 물론 식물에도 그 자체의 흠결이 되는 장애요소가 존재한다. 지성을 갖춘 인간이 '인식상의 장애'를 보이는 것도 결함이라 치부할 수 있다. 그렇다면 당신은 고통 혹은 쾌락에 얽매여 있지는 않은가? 모든 감각을 동원해 잘 관찰해보자. 힘껏 노력했음에도 난관에 부딪히진 않던가? 만약 무조건적인 성공을 꿈꾸며 노력을 기울였다면 (이성적인 동물인 당신에게) 실패란 곧 결함이 되고 만다. 하지만 보편적인 한계를 인정한다면, 혹여 실패하더라도 그리 낙담하거나 좌절하지 않을 수 있다. 사실 그 어느 것도 당신 내면의 포부를 가로막을 수는 없기 때문이다. 불도, 쇠도, 폭군도, 중상모략도, 그 어떤 것도 희망을 꺾을 수는 없다. "한번 만들어진 원은 영원히 둥근 법이다."

42. 지금껏 누군가에게 일부러 고통을 안긴 적도 없는 내가 나 자신을 고통스럽게 만든다는 것은 말도 안 된다.

현실에
최선을 다하자

43. 누군가는 이 일로 기뻐하고, 누군가는 저 일로 유쾌해진다. 그러나 내게 기쁨이란, 나를 지탱해주는 이성을 굳건히 바로 세워 어떤 사람 혹은 사건에 부딪혀도 두려워하지 않고 모든 것을 관대한 시선으로 바라보는 것이다. 그리해서 그 본연의 가치를 받아들여 적절히 활용하는 데에 있다.

44. 현실에 최선을 다하자. 사후의 명성을 좇는 이들이란, 그가 그토록 멸시하는 동시대인과 후대인이 모두 같은 부류라는 것을 이해하

투계는 고대 로마인들이
즐기던 배팅 게임이다.

지 못하고 있다. 후대인이 당신에 대해 어떻게 말하든 혹은 어떻게 생
각하든, 그것이 오늘날의 당신과 대체 무슨 상관이 있는가?

45. 그대가 나를 아무 데나 내키는 대로 내팽개쳐도 상관없다. 나는
어디서라도 본성을 편안하게 유지할 수 있으니 말이다. 즉, 우리는 인
간 본성 자체의 고유한 능력만 지켜낸다면 언제라도 기뻐하며 만족할
수 있다.

낯선 곳에 다다랐다고 마음이 불안하고, 자신감이 없어지고, 난처
하고, 당황스럽고, 두려운가? 그러나 그럴 필요가 어디 있는가?

46. 우리에게 본성에 맞지 않는 일이란 결코 일어나지 않는다. 마치
황소의 본성에 부적합한 일이 황소에게 일어나지 않듯, 포도나무의 본
성에 부적당한 일이 포도나무에 일어나지 않듯, 돌덩어리의 본성에 어
울리지 않는 일이 돌덩어리에 일어나지 않는 것과 마찬가지다. 당신에
게 벌어진 일은 모두가 지극히 자연스럽고 일상적인 일이건만 왜 그렇

로마 군대에 보급된 장비. 전투 시 사상자를 줄이기 위해 투구 전면부에 보호 챙을 달았으며 이후에는 목 보호대도 장착했다.

게 슬퍼하고 고통스러워하는가? 우주와 자연은 당신이 감당할 수 없는 일이라면 아예 만들어내지도 않는다.

47. 외부 사건 때문에 좌절하고 번뇌한다면 그것은 사건 자체가 아닌 사건에 대한 당신의 판단(마음가짐) 때문이다. 그러니 이런 고민은 곧바로 없애버릴 수 있다. 하지만 당신의 성격 탓에 고민이 생기는 것이라면 곧바로 내면의 나쁜 습관을 바로잡도록 하자. 아직 생기지도 않은 일 때문에 지레 걱정할 필요가 어디 있는가? "하지만 도중에 사자가 나타나면 어떡하는가!" 만약 그렇더라도 걱정할 필요는 없다. 일어나지도 않는 사건 때문에 당신에게 책임을 돌리는 일은 없을 테니 말이다. "그러나 이렇게 하지 않으면 살아갈 이유가 없다." 그렇다면 흔연히 세상의 모든 일을 완수한 사람처럼 편안하게 눈을 감자. 그렇게 아무런 미련 없이 삶 속의 장애를 기꺼이 받아들이는 것이다.

48. 스스로 자신감을 가진다면 우리를 지배하는 이성은 언제나 굳

건히 존재할 것이다. 감정의 고삐에서 풀려난 영혼은 마치 완강한 성채와도 같기에, 자기 자신을 지켜내는 데 이보다 든든한 보호막은 없다. 자신의 성채를 발견하지 못한 자는 아둔하고 무지할 따름이며, 알고도 숨지 못하는 자는 불행하기 그지없다.

49. 첫인상으로 얻은 정보 이외에 더는 말을 보태지 말자! 혹자가 "누군가 당신의 험담을 하고 다닌다"고 말을 전하더라도 그것 자체는 당신에게 아무런 해가 되지 않는다. 나는 병에 걸린 자식을 볼 때에도 아이가 병에 걸렸다는 것만 볼 뿐 그가 위독한지 아닌지는 신경 쓰지 않는다. 즉, 첫인상을 간직한 채로 내면의 근심(상상력)을 보태지 않는다면 불행이 닥칠 일은 없는 것이다. 그러나 단 하나, 때로는 의외의 일도 일어나게 마련임을 기억해두자.

50. "이 오이는 쓰다." 그렇다면 갖다 버려라. "이곳은 가시밭길이다." 그러면 돌아가는 것으로 충분하니 더는 "왜 이런 일이 일어나는 거지?"라고 묻지 말자. 그래봤자 자연의 법칙에 통달한 이들에게 비웃음을 살 것이 뻔하다. 이는 마치 목공소나 제화점에 가서 "여긴 왜 이렇게 나무 부스러기(혹은 자투리 가죽)가 많은가?"라고 트집을 잡는 것과 마찬가지다. 사실 목수나 제화공에게는 나무 부스러기나 자투리 가죽을 버릴 쓰레기통이 있지만 우주에는 그럴 공간이 전혀 없다. 하지만 바로 여기에 우주의 오묘한 신비가 존재한다. 우주의 공간 자체는 무척 제한적이지만 그 내부에는 낡고 시든 무용지물을 원래의 본질로 변화시키고 이를 새로운 물질로 창조하는 능력이 존재한다. 때문에 우

수입이 변변치 않은 사람들이 거주했던 도시 내 가옥이다.

주와 자연은 자신 이외의 어떤 사물도, 낡은 것을 버릴 공간도 필요치 않다. 그저 필요한 것이라고는 자신의 공간, 물질 그리고 고유의 손재 주뿐이다.

51. 일을 미루지 말고, 천박한 언행도 삼가며, 어리석은 생각에 빠지지 말자. 영혼 그 자체에 지나치게 몰두하거나 격정에 휩쓸려도 안 된다. 인생은 항상 여유롭게 살아가야 한다.

"그들이 우리를 갈기갈기 찢어 죽이고 저주를 퍼부었다!" 만약 실제로 그렇더라도 그들 따위가 어찌 순결하고, 건강하고, 맑고, 정의로운 영혼을 막아서겠는가? 누군가가 맑고 투명한 샘가에서 욕설을 퍼붓더라도 상쾌하고 차가운 샘물은 여전히 퐁퐁 솟아나게 마련이다. 혹시 진흙이나 오물을 쑤셔 넣더라도 이는 금세 씻겨 내려가 샘은 곧 맑아질 것이다. 그렇다면 당신은 어찌해야 영원히 마르지 않는 샘을 가질

고대 로마 시대에 무화과는 '성스러운 과일'로 여겨 제
사에 사용했다. 당시 로마에는 신성한 무화과나무가 한
그루 있었는데, 그 나무가 로마 창립자와 그의 쌍둥이
형제를 마녀와 딱따구리의 추격으로부터 숨겨주었다는
전설이 전해진다. 때문에 고대 로마인은 이 무화과나무
를 '수호신'이라고 불렀다.

수 있을까? 언제라도 자기 자신을 자상함·소박함·겸허함이 충만한 자
유의 세계로 이끌면 된다.

52. 우주가 어떤 존재인지 모르는 사람은 자신이 어디에 있는지 모
르는 것과 같다. 또한 우주의 목적을 모르는 사람은 자신이 누구인지
혹은 왜 존재하는지도 모른다. 이런 자는 사실상 자기 삶의 이유조차
제대로 알지 못한다. 자기가 누구인지, 어디에 있는지조차 모르는 사
람에게 칭찬을 듣기 위해 (혹은 비난을 피하기 위해) 애쓰는 행위가 대
체 뭐란 말인가?

53. 한 시간에 세 번씩이나 악담을 퍼붓는 자에게 과연 칭찬을 듣고
싶은가? 자신에게 만족할 줄 모르는 자의 호의를 받고 싶은가? 하는
일마다 후회막급인 사람이 어찌 자기 자신에게 만족할 수 있겠는가?

54. 크게 들이쉰 숨으로 자만심을 가득 채우는 대신 '만물에 퍼져 있는 이성'과 호흡할 수 있도록 노력하자. 온 세상에 존재하는 이성은 마치 인간이 호흡하는 공기처럼 널리 퍼질 수 있다.

55. 전체적으로 보아 사악함은 우주에 아무런 해도 입히지 못한다. 한 사람의 악행은 남에게 상처를 주기보다 그 자신만을 다치게 할 뿐이다. 그러니 원한다면 곧바로 깊은 상처에서 벗어날 수 있다.

56. 내 자유의지는 이웃의 자유의지와는 전혀 관련이 없다. 마치 남의 호흡과 육신이 나와는 아무런 상관이 없는 것과 마찬가지다. 인간은 원래 서로를 의존하도록 만들어졌지만 우리의 이성은 자신만의 영역을 다스릴 뿐이다. 그렇지 않다면 이웃의 악행이 내게도 엄청난 피해를 끼치게 되리라(이것은 신의 뜻이 아니다). 그러나 신은 나의 불행이 남의 손에 결정되지 않도록 만들었다.

57. 태양의 빛은 사방으로 퍼지는 듯하지만 실제로 태양 자체가 모든 빛을 발산하는 것은 아니다. 이 빛은 그저 확장되는 것일 뿐이다. 그리스어의 '태양'은 '뻗어나간다'라는 의미로, 태양은 공간 속을 뻗어나가는 빛줄기에 불과하다. 그렇다면 광선이란 무엇인가? 이는 암실의 좁은 틈을 뻗어나가는 태양빛을 관찰해보면 쉽게 알 수 있다. 실제 광선은 일직선으로 나아가다 어떤 물체를 만나면 그 자리에서 정지해버린다. 빛은 미끄러지지도 떨어지지도 않은 채 그저 그곳에 머물 뿐이다. 인간의 영혼이 내는 빛 역시 이와 마찬가지다. 그 자체로 발산하

국경 방어에 주력했던 로마인은 목
조 또는 석조 보루를 건설하고 그
사이사이에 감시탑을 설치했다.

는 것이 아니라 확장하는 것이다. 그러니 혹시 어떤 장애물에 부딪힌
다면 격렬하게 충돌하거나 자신을 파괴하는 대신 잠자코 서서 그 물체
를 비추어주면 된다. 태양빛의 반사를 가로막는다면 자신의 빛을 전파
할 기회도 잃는 셈이기 때문이다.

58. 죽음을 두려워한다는 것은 무감각 또는 새로운 감각을 두려워
한다는 말과 같다. 그러나 애초에 아무런 감각이 없다면 그 어떤 변화
도 느낄 수 없으리라. 반면 새로운 감각을 얻는다면 이는 또 다른 삶을
얻는 것과 같다.

59. 삶은 서로 의존하며 꾸려가는 것이다. 그러니 남을 올바로 인도
하거나 꿋꿋이 인내해야 한다.

60. 화살이 한 방향으로 나아가듯 마음 역시 자신만의 길로 움직인다. 단, 우리가 무언가를 경계하거나 연구할 때에도 마음은 줄곧 앞으로, 목표를 향해 나아간다.

61. 모든 사람의 이성을 들여다보고 그들 하나하나에게 당신의 이성을 들여다볼 기회도 주어야 한다.

제9장

"객관적인 사물은 모두 문 밖에 존재한다. 그들은 자기 자신에 대해 알지
못하며 그 어떤 의견이나 생각도 내놓지 못한다. 그렇다면 우리는 무엇으
로 그들을 판단해야 하는가? 바로 이성이다."

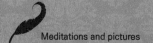

Meditations and pictures

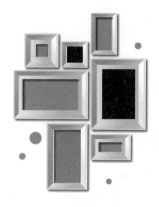

의견이 같은 자와는
끝까지 함께할 수 있다

1. 정의롭지 못한 것은 사악하다. 우주는 인간이 서로 상처를 입히는 대신 함께 도우며 각자의 가치를 실현하고 이익을 얻도록 만들어졌다. 그러므로 우주의 의지를 어기는 자는 신에 대한 불경을 저지른 셈이다.

거짓말 역시 신에 대한 불경이다. 우주의 본질은 곧 현존하는 만물의 본질이며, 현존하는 사물은 과거의 것과 매우 밀접한 관계를 맺기 때문이다. 여기서는 본질을 '진리'라 칭하는데 이는 일체 사물의 원시적인 에너지에 해당한다. 의도적인 거짓말은 그 자체로 정의롭지 못

격투할 때 사용하던 투구.

하기에 불경하며, 마음에 없는 거짓말 역시 전체 우주의 질서를 망가뜨리는 골칫거리이기에 불경하다. 진리에 위배되는 행동을 하면 당연히 갈등의 함정에 빠질 수밖에 없다. 인간은 진위를 판별할 수 있는 본연의 능력을 가지고 있음에도 이를 제대로 활용하지 못한 탓에 실패의 나락에 떨어지고 만다.

쾌락을 선이라 추구하고 고통을 악이라 회피하는 행위 역시 경건하지 못한 태도다. 이런 사람은 분명 "우주는 선인과 악인을 대하는 데 매우 불공평하다"며 불평을 늘어놓을 것이 빤하다. 악인은 온갖 쾌락을 누리며 승승장구하는 반면에 선인은 온갖 고통에 시달리고 있다면서 말이다. 고통을 두려워하는 사람은 언젠가 일어날 앞일에도 두려워하기 쉬운데 이 역시 올바르지 못한 태도다. 물론 쾌락주의자가 정의롭지 않은 일에 부딪혔을 때 아예 손을 놓아버리는 것 역시 명백한 불경을 저지르는 일에 속한다.

그러나 자연의 법칙을 좇아 자연과 한마음이 된 사람들은 우주 속의 평등한 존재에도 차별 없이 대한다. 만약 자연이 쾌락과 고통을 차별했다면, 이 두 가지 가치를 굳이 구분지어 만들 필요가 어디 있었겠는가. 그러니 인간은 고통과 쾌락, 죽음과 삶, 명예와 악명 등 모든 가치를 동등하게 받아들여야 한다. 그렇지 못하다면 이 역시 불경한 것이 되리라. 우주가 일체 사물을 똑같이 바라본다는 것은 '일체 만물은 자연의 법칙에 따라 차별 없이 생성되었다. 현존하는 사물이든 그에 기인한 결과물이든, 모두 마찬가지다. 모든 것은 신의 뜻에 속한다'는 의미다. 자연은 신의 뜻에 따라 '앞으로 일어날 일'들을 계획하고 만물에 '생장과 변화의 에너지'를 부여한다.

2. 그 어떤 '위선과 거짓, 사치스러움과 오만함'을 경험하지 않고 세상을 떠날 수 있다면 무척 행운일 것이다. 그러나 실제로 그렇게 할 수 없다면 차선책을 택하면 된다. 즉, 혐오스러운 일이 생겼을 때 기꺼이 목숨을 버리는 것이다. 그대는 진정 죄악과 함께 뒹굴 작정인가? 그토록 끔찍한 죄악을 경험하고도 그것을 피해야 한다는 사실을 모르는가? 영혼의 부패는 그 어떤 전염병보다 악랄하고 사악하다. 전염병은 생물체의 목숨을 앗아갈 뿐이지만 영혼의 부패는 인류의 삶 자체에 끔찍한 영향을 미치기 때문이다.

3. 죽음을 경시하지 말고 기꺼이 받아들이자. 이것 역시 자연이 정한 이치이니 말이다. 인간의 해체란 결국 자연계의 과정 가운데 하나로, 이는 삶의 각 계절과 관련이 깊다. 즉 청년이 노인이 되고, 점차 성

앞으로 진격하는 로마 사병들을 표현한 트라야누스 기념탑 일부.

장해 성숙해지고, 치아와 수염, 그리고 백발이 나고, 결혼 후에 임신과 출산을 하듯 인간은 자연의 법칙에 따라 태어나고 또 죽는다. 그러니 죽음을 경시하거나 초조해하거나 무관심하게 굴지 말고 그저 당연히 일어나는 일로 받아들이자. 마치 당신의 부인이 뱃속 아이를 낳는 것처럼 자연스레 영혼이 떠날 때를 잠자코 기다리자.

만약 영혼의 위안을 얻고 싶다면 여유롭게 죽음을 맞이하는 방법을 생각해내자. 이때는 당신이 버리고 떠나는 현실, 그리고 더는 얽힐 필요가 없는 사람들에 대해 생각하는 것이 가장 좋다. 단, 이들을 혐오하는 대신 호의를 베풀어 잘 돌보아주자. "인생이란 같은 길을 가는 사람과 함께일 때나 아쉽고 애잔한 법이다." 그러나 도무지 맞지 않는 사람들과 한곳에 머무른다는 것은 얼마나 참기 힘든 일인가. 그럴 때면 당신은 오히려 다음과 같이 소리칠지도 모른다. "죽음이여! 더는 지체하지 마라. 내가 더 망가지기 전에."

4. 환상을 떨치고 충동을 억제하자. 욕망을 억누르고 이성을 다스려야 한다.

5. 어떤 일 자체가 정의롭지 않을지 모르지만, 그 일을 하지 않는 것 역시 정의롭지 못하다.

6. 정확한 이해에 근거해 생각하고, 공공의 이익에 어울리도록 행동하며, 현재의 모든 일에 만족한다면 그것으로 충분하다.

7. 남을 해치는 사람은 결국 자신을 해치는 것과 다름없다. 부정不正한 자는 사실상 자신을 타락시킴으로써 스스로를 더럽힌다.

8. 이성이 없는 존재는 하나의 생명을, 이성적인 존재는 하나의 지혜로운 영혼을 지니고 있다. 그러나 세속의 사물이 모두 흙에서 비롯되듯이, 살아 있는 모든 생명체는 같은 태양빛과 공기를 공유한다.

9. 동일한 원소로 구성된 사물은 같은 성질의 물체와 합치려는 특징이 있다. 흙으로 만들어진 물체는 땅으로 되돌아가고, 액체는 함께 어울려 흘러가며, 공기 역시 공간을 공유한다. 이들은 '외부 압력'이 존재해야 서로 분리할 수 있다. 일례로, 불은 위로 솟구치는 기운이 있다. 이는 하늘의 불기운이 지구상의 불을 끌어당기기 때문인데, 이렇듯 같은 기운끼리 뭉치려는 성질 때문에 건조한 물체는 쉽게 불에 타버린다. 이성이 있는 인간도 서로 끌어당기는 성질이 있다(심지어 불기운보다 더욱 강렬하다). 더구나 인간은 동족끼리 융화하는 능력만큼은 다른 존재보다 훨씬 우월하다.
이성이 없는 존재들, 즉 벌이나, 소, 양, 새의 무리에게도 사랑이 존재한다. 동물도 영혼이 있으며, 이들의 '무리 내의 강한 친화력'은 식물이나 돌덩이와의 관계에 비할 바가 되지 못한다. 반면에 이성이 있는 인간은 정치집단·가정·친구·모임 등을 꾸리며 전쟁 중에는 협상과 휴전을 맺기도 한다. 이보다 더 높은 단계로 올라서면 (예를 들면, 성체 星體처럼) 떨어져 있는 상태에서도 조화로운 관계를 맺을 수 있다. 이 같은 상위 형태에서는 각기 떨어진 사물 사이에도 협력하는 힘이 존재한다.

눈앞에 일어나는 일에 주목하자! 오늘날에는 이성이 있는 동물(인간)만이 상호간의 관계를 잊고 동류와의 결합 및 협력을 간과한다. 그러나 우리가 아무리 도망치려 해도 이미 자연의 거미줄 속에 얽힌 인간은 결코 우주의 법칙을 거스르지 못한다. 자세히 관찰해보면 금세 이 사실을 깨닫게 되리라. 어쨌든 사회에 격리된 인간을 찾기보다는 흙덩어리(실제로는 흙이 아닌)로 빚은 사물을 찾는 것이 더 쉬운 법이다.

10. 인간과 신, 우주는 각기 계절에 따라 과실을 맺는다. 일반적으로 과실이란 포도나 기타 식물의 열매를 가리키지만 여기서는 세세히 따지지 않기로 하자. 사실 인간의 이성도 과실을 맺는데, 이는 대중과 자신을 위해 이성 본연의 모습을 드러내는 것을 의미한다.

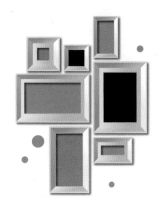

놀라거나
당황할 필요가 없다

11. 할 수 있다면 잘못을 저지른 사람의 행동을 올바르게 고쳐주자. 그러나 그렇게 할 수 없더라도 스스로 이 상황을 극복할 수 있는 자비심이 있음을 기억하자. 신 역시 자비로운 사람에게 관대하며 때로는 이들을 위해 손을 내밀기도 한다(건강·부·명예 등을 선사하며 행복해지도록 돕는다). 당신도 할 수 있다. 대체 누가 당신의 앞길을 막겠는가?

12. 맡은 바라면 열심히 하자. 하지만 혹사당하는 노동자처럼 혹은 남의 동정이나 칭찬에 굶주린 것처럼 행동하지는 말자. 단, 일을 하든

일하는 사람들.

하지 않든 공공의 이익에 기여하는 바가 있어야 한다.

13. 오늘 나는 일체의 번뇌에서 벗어났다. 즉, 모든 번뇌를 떨친 것이다. 번뇌란 외부가 아닌 내 상상 속 내면에 있기 때문이다.

14. 세상 만물은 흔히 보아 익숙하지만 어느 때인지 모르게 순식간에 스러지는 비천한 존재다. 오늘날의 모든 사물은 (우리가 묻어버린) 조상 시대의 것들과 완전히 똑같다.

15. 객관적인 사물은 모두 문 밖에 존재한다. 그들은 자기 자신에 대해 알지 못하며 그 어떤 의견이나 생각도 내놓지 못한다. 그렇다면 우리는 무엇으로 그들을 판단해야 하는가? 바로 이성이다.

16. 이성을 지닌 사회적 동물은 능동적으로 선과 악을 구분한다. 그

트라야누스 기념탑 가운데 일부.

러므로 인간은 (소극적이고 수동적인 판단이 아닌) 적극적이고 능동적인 판단에 따라 미덕과 죄악을 구분한다.

17. 공중으로 던진 돌덩이가 땅바닥에 떨어진다고 나쁠 것도 없고, 위로 솟구친다고 좋을 것도 없다.

18. 상대의 내면에 자리한 이성을 꿰뚫어보자. 그러면 당신이 두려워하는 심판관이 대체 어떤 사람인지 알 것이다. 그들은 자기 자신에 대해 어떤 판단을 내리는가?

19. '변화'란 일상적인 경험으로, 당신 역시 영원히 지속되는 변화 과정 속에 존재한다(즉, 소멸해가는 것이다). 그렇다! 온 우주는 이렇게 변화해간다.

로마의 한 별장에 설치된 장식용 벽판 테두리.

20. 남의 잘못은 스스로 해결하도록 두어야 한다.

21. 활동을 멈추고, 감정을 표현하고 사유하는 데 휴식을 취하는 것은 결코 죄악이 아니다. 당신은 삶의 유아기·아동기·성년기·노년기를 거치면서 매 순간을 넘길 때마다 죽음을 겪지 않았던가. 그러니 두려울 것이 뭐가 있는가? 할아버지와 어머니, 아버지 슬하에서의 삶을 생각해보자. 그리고 다양한 변화와 휴식을 경험한 자기 자신에게 물어보자. "두려울 것이 있는가?" 아니, 두려울 것은 없다. 인생을 살며 겪는 단절·변화·죽음은 전혀 두려운 것이 아니다.

22. 당신 자신과 우주, 그리고 이웃의 이성을 성찰해보자. 스스로의 이성을 탐구해 더 정의로워지고, 우주의 이성을 탐구해 언제라도 당신

이 그 일부임을 기억하자. 또한 이웃의 이성을 탐구해 그들이 우매한지 현명한지 판단하자. 이와 동시에 당신의 이성이 그들과 어떻게 다른지도 되돌아보자.

23. 당신은 사회 조직의 일원으로서, 스스로 공동생활의 한 부분을 완성하도록 행동해야 한다. 공통의 목표와 관련 없는 직접적·간접적인 행동은 삶을 더욱 고독하게 만들 뿐이다. 게다가 사회를 분열시키고 혼란을 야기해 결국 대중과 동떨어진 채 어울리지 못하게 된다.

24. 어린아이들의 다툼·놀이·죽음(언제 죽을지 모를 몸을 끌고 다니는 가련한 어린 영혼)을 통해 우리의 현실을 좀더 명확히 들여다볼 수 있다.

25. 한 사물의 진정한 원인을 알려면, 물질적인 부문은 완전히 떼어놓고, 있는 그대로의 모습을 보아야 한다. 그런 후에 이 사물이 과연 얼마나 오래 존재할 수 있는가를 판단하자.

26. 당신이 끝없이 고뇌하는 까닭은 바로 '이성이 마땅히 해야 하는 일'에만 만족하지 않기 때문이다. 더 말해 무엇하겠는가!

27. 누군가가 당신을 욕하거나 비난한다면, 상대의 영혼과 마음속으로 들어가 '그들이 대체 어떤 사람인지' 잘 살펴보자. 그러면 그들의 생각 따위는 전혀 개의치 않아도 된다는 사실을 깨달을 것이다. 그

금과 은으로 장식된 정교하고 아름다운 칼집이다. 중앙에는 티베리우스 황제의 초상화가 새겨져 있다. 어느 로마 고위군관의 것으로, 티베리우스 황제가 하사한 물품으로 추정된다.

럼에도 그들은 자연이 이어준 당신의 친구이므로 기꺼이 호의로써 대해야 한다. 신 역시 그들이 목표를 이룰 수 있도록 갖가지 방법(예를 들면, 현몽이나 신의 계시)으로 돕기 때문이다.

28. 우주는 언제나 같은 모습으로 운행한다. 위에서 아래로, 과거에서 현재로 움직이는 것이다. 다양한 상황에서 모습을 드러내는 우주의 영혼은 최초의 출현을 계기로 끊임없이 생성하고 순환한다. 온 우주는 완벽하게 조화로운 상태다. 혹여 우연한 기회가 찾아온다면 그것은 원래 그렇게 되도록 정해진 것이기 때문이다.

얼마 후 우리 모두는 흙으로 돌아갈 것이다. 그러나 곧 흙 자체도 변하고, 변화한 그 상태 또한 변할 것이다. 이처럼 모든 것은 영원히 변화하리라. 영원히 지속되는 변화와 그 변화의 속도를 생각한다면 우리는 세상 만물에 그리 연연하지 않아도 될 것이다.

29. 세상의 원동력은 마치 세차게 흐르는 급류처럼 모든 것을 품고 흘러간다. 정치에 휘둘리면서도 철학자를 꿈꾸는 자들은 얼마나 가련하고 어리석은가! 아직도 세상물정을 모르는 아둔한 자들이여! 그렇다면 당신은 어떠한가? 그저 자연의 법칙이 시키는 대로만 열심히 노력하면 된다. 이 지혜를 알고 있다면 누군가의 시선을 두려워하며 방황할 필요가 없다. 플라톤의 유토피아 따위는 꿈꾸지 말자. 사소한 진보에 만족할 줄 알고 작은 성취에도 감사하게 생각하자. 대체 누가 다른 사람의 생각을 바꿀 수 있단 말인가? 사람의 생각은 쉽게 바뀌지 않는다. 그저 노예처럼 마지못해 복종할 뿐이다. 자, 알렉산더Alexander와

이집트의 클레오파트라가 노예에게 독약을 시험해보고 있다.

필리포스, 그리고 데메트리우스[1]를 생각해보자. 사실 이들이 대자연의 법칙을 따르든, 자신을 끊임없이 단련하든 그것은 그들의 일일 뿐이다. 하지만 그들이 비극의 주인공으로 삶을 마쳤다면 내가 그들을 따르지 않는다고 탓할 사람은 아무도 없으리라. 철학의 역할이란 단순하고 겸허하다. 그저 자만심의 엇갈린 길로 들어서지 않도록 막아주는 것뿐이다.

30. 한 마리 새가 되어 저 끝없는 인간세상을 내려다보자. 거센 폭풍우가 잦아든 후 금세 고요함을 되찾는 변화무쌍한 항해 속에 인간은 태어나고, 성숙하고, 또 늙어가는 가없는 의식을 치른다. 노인들이 지

---

1 아테네의 저명한 변론가이자 철학자·정치가·시인이다.

나온 삶, 당신이 살아갈 삶, 그리고 오늘날 미개인이 살아가는 인생을 생각해보자. 얼마나 많은 이가 당신의 이름 따윈 알지도 못하며, 또 얼마나 빨리 잊어갈 것인지, 그들의 찬사가 얼마나 빨리 비난으로 바뀔지, 사후의 명예나 현재의 명성 따위는 얼마나 가치가 없는지 생각해보자.

31. 외부 사건에 놀라거나 당황하지 말고 내면의 원칙에 따라 정의롭고 바르게 살아가자. 즉, 모든 행동과 의지는 '사회적 이익에 부합해야 한다'는 인간의 본성을 따라야 한다.

32. 쓸데없는 번뇌란 오로지 상상 속에서만 존재하기 때문에 언제든 떨쳐버릴 수 있다. 그러면 곧 넓은 세상으로 나아갈 수 있으리라. 마음속에 온 우주를 품고 영원의 시간을 받아들이자. 다양한 사물의 조각조각이 무한한 시간 속에 얼마나 급격히 변하는지, 탄생에서 죽음까지 시간이 얼마나 짧은지, 태어나기 이전의 광대한 세상과 죽음 이후의 무한한 시간을 고찰해보자.

남을 탓하기는 쉬워도
스스로 반성하기는 어렵다

33. 눈앞의 모든 것은 머지않아 곧 소멸할 것이다. 그리고 이를 지켜보던 사람들 역시 모두 스러질 것이다. 장수한 사람이나 요절한 사람이나 무덤 속에서는 모두 마찬가지다.

34. 인간의 이성이란 대체 무엇인가? 우리가 힘들게 추구하는 가치란 무엇인가? 대체 무엇이 우리의 애정과 존경을 불러일으키는가? 맑은 눈과 마음을 통해 가련한 어린 영혼의 나체를 샅샅이 살펴보자! 인간은 자신의 저주가 악을, 자신의 찬사가 선을 불러온다고 믿지만 이

하드리아누스의 별궁에 자리한 조각상. 하드리아누스의 총애를 받았던 안티노우스Antinous는 사후에 신격인 파라오로 추앙받았다. 안티노우스는 130년에 강물에 빠져 요절했다.

얼마나 오만하고 건방진 생각인가!

35. 상실과 변화는 결국 같은 것이다. 우주와 자연의 법칙은 변화를 사랑하기에 일체 만물은 변화를 통해 완성된다. 이는 지금까지 그래왔고 앞으로도 영원히 그럴 것이다. 그렇다면 당신은 왜 "세상은 온통 엉망진창이다. 마침내 종말을 향해 치달을 것이다. 수많은 신이 악을 바로잡으려고 노력했지만 아무런 성과도 없었다. 결국 우주는 악의 손아귀에 들어간 것인가?"라고 중얼거리는가?

36. 세상 만물의 기본 성질(물·흙·뼈·공기!)에는 부패의 씨앗이 존재한다. 즉, 대리석은 작은 흙덩어리에 불과하고 금은 침전물에 지나지 않으며 옷은 털 부스러기, 자줏빛은 핏물 방울에 다름 아니다. 다른

것들 역시 마찬가지다. 또 다른 물질인 영혼도 여기서 저기로 쉽게 옮겨 다니며 변화한다.

37. 우리네 고통스러운 인생은 분노와 원망, 황당무계한 거짓으로 가득 차 있다. 그러나 과연 분노할 필요가 있는가? 삶에서 새로운 것은 무엇인가? 당신을 놀라게 하는 것은 무엇인가? 그 이유는 무엇인가? 그리고 그 본질은 어떠한가를 자세히 생각해보자. 또한 신과 소통하도록 노력하고(물론 더는 물러서지 못할 만큼 이미 늦었지만 말이다) 신에게 '좀더 소박하고 선량한 사람이 될 것'을 다짐하자.

3년이 걸리든 300년이 걸리든, 고통을 통해 얻은 지혜는 모두 가치 있는 법이다.

38. 잘못은 저지르는 자에게만 해가 될 뿐이다. 하지만 어쩌면 그는 잘못을 저지르지 않았는지도 모른다.

39. 일체 만물은 지성의 근원에서 출발해 하나의 완성된 총체를 위해 결집한다. 이에 각 일부는 전체 이익을 위해 희생하는 것에 불평을 해서는 안 된다. 이때는 원자의 결합 및 분산 이외에 아무것도 존재하지 않는 셈이다. 그렇다면 당신이 불안감에 괴로워할 필요가 어디 있는가? 자, 스스로의 이성에 이렇게 말하자. "넌 죽었다! 부패했다! 짐승으로 변했구나! 넌 위선자다! 고작해야 한낱 소에 불과하리니, 다른 소들과 함께 풀이나 뜯어 먹어라!"

40. 권력을 가지지 않은 신이란 없다. 만약 신에게 권력이 없다면 어찌 그들에게 기도를 바치겠는가? 당신은 어찌해서 신에게 '두려움을 없애달라' 혹은 '원하는 것을 얻게 해달라', '슬픔과 고통을 없애달라'고 기도하는가? 또한 '이것을 허락해달라', '저것을 없애달라'고 간청하지 않는가? 분명한 것은, 신은 가능한 한 반드시 인간을 도울 것이라는 점이다. 그러니 스스로 자기 자신에게 "신은 이미 나를 도우셨다"라고 말해보자. 그러면 자기 능력 밖의 일로 괴로워하는 노예가 아닌 자기 능력을 발휘하는 자유인이 될 것이다. 스스로 처리할 수 있는 일에 대해 왜 "신이 돕지 않았다"고 불평하는가? 앞으로는 이렇게 기도해보자. 누군가가 "어찌해야 저 여자를 가질 수 있습니까?"라고 기도할 때, 당신은 "어찌해야 저 여자를 가지려는 욕심을 버릴 수 있습니까?"라고 기도하자. 누군가가 "어찌해야 저자에게서 벗어날 수 있습니까?"라고 기도할 때, "어찌해야 저자에게 벗어나려는 욕망을 버릴 수 있습니까?"라고 기도하자. 누군가가 "어찌해야 아이를 지킬 수 있습니까?"라고 기도할 때, "어찌해야 아이를 잃는 두려움을 극복할 수 있습니까?"라고 기도하자. 그런 후에 그 결과가 어떠한지 지켜보자.

41. 에피쿠로스는 이렇게 말했다. "난 병들었을 때도 몸에 관련된 이야기는 하지 않았으며 문병 온 사람들에게조차 이 이야기를 꺼내지 않았다. 대신 자연철학의 핵심에 대한 토론만을 거듭했다. 특히 '영혼은 과연 육체의 감각을 공유할 수 있는가, 어떻게 해야 고통을 이기고 이성의 우월함을 지킬 수 있는가'에 관심을 집중했다. 또한 나는 의사들이 무슨 대단한 일이라도 하는 양 오만하게 구는 것을 두고 보지 못

했다. 나야 언제나 유쾌하게 살아갔으니 말이다." 당신도 병에 걸렸을 때는 에피쿠로스처럼 행동하자. 그 어떤 위기상황에서도 마찬가지다. 어려움에 부딪혀 철학을 포기하지 말고 무지몽매한 이들과의 쓸데없는 잡담에도 어울리지 말자. 다만, 눈앞의 일과 그 일을 해낼 수 있는 방법에만 온 힘을 다해 집중해야 한다.

42. 상대의 몰상식한 행동 때문에 화가 난다면 스스로 이렇게 되뇌어보자. "저 파렴치한이 세상에서 사라질 수는 없나?" 하지만 그것은 불가능하다. 불가능한 일은 아예 기대하지 말자. 사실 그는 세상에 존재하는 수많은 파렴치한 가운데 한 명일 뿐이다. 부랑자·사기꾼을 비롯한 온갖 악인도 마찬가지다. 그들도 반드시 이 세상에 존재해야 하는 사람임을 기억하면 다소 기분이 나아질 것이다. 어쩌면 이렇게 생각하는 것이 나을지도 모르겠다. "자연은 갖가지 악행에 부딪힐 인간에게 과연 어떤 미덕을 주었는가?" 우주는 비정한 존재에 맞선 인간에겐 동정심을 주었고 또 다른 인간에겐 그에 걸맞은 미덕을 주었다.

어떤 상황에서든 당신은 잘못된 길로 들어선 상대를 바로잡아줄 능력이 있다. 이들은 그저 목표를 잃고 엉뚱한 길로 들어간 것이기 때문이다. 그렇다면 여기서 당신에게 해가 되는 것은 무엇인가? 당신을 괴롭히는 이 가운데 당신의 영혼을 다치게 할 만한 이는 아무도 없다. 당신이 겪는 괴로움이란 오직 자기 마음에서 나온 것이기 때문이다.

어리석은 자가 어리석은 행동을 하는 것이 뭐가 나쁜가? 뭐가 신기한가? 상대가 그런 사람인 줄 미처 몰랐던 것이 오히려 어리석은 것이리라. 누구나 그 정도의 대략적인 상황은 파악할 수 있을 만큼 명쾌한 지성을 갖추어야 한다.

그러니 상대의 배은망덕한 태도를 질책하기에 앞서 자기 자신을 반성하자. 이 모든 잘못은 자신에게 있기 때문이다! 상대가 믿음을 지키리라, 혹은 은혜를 갚으리라는 기대감은 애당초 그 일을 하면서 얻는 만족감과 향후에 얻을 이득을 넘지 말아야 한다.

선행을 베풀고 또 무엇을 바라는가? 본성에 따르는 행위를 하고도 무엇인가 더 필요하다는 말인가? 대체 어떤 보상을 바라는가? 이는 마치 눈이 '무언가를 보았다'고, 발이 '길을 걸었다'고 대가를 요구하는 것과 같다. 눈과 발은 원래 보고 걷기 위해 만들어진 존재로, 그저 자신의 본분에 따라 움직였을 뿐이다. 인간 역시 마찬가지다. 우리는 타인에게 베풀기 위해 태어난 존재로, 어떤 일을 하든 공공의 이익에 기여해야 한다. 그것이 바로 우리의 본분이자 존재의 보답을 받는 길이다.

제10장

"'대지는 소나기와 사랑에 빠졌고 장엄한 하늘 역시 사랑에 물들어 있다.' 우주는 마치 열렬한 사랑에 빠진 듯 세상의 일체 만물을 만들어낸다. 때문에 나는 우주를 향해 '나도 너와 함께 사랑하리라'고 소리친다."

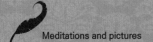
Meditations and pictures

원망하지 말고,
그저 견딜 수 있는지만 판단하자

1. 나의 영혼이여! 그대는 마침내 선량하고, 소박하고, 단순하고, 솔직해지지 않겠는가? 자신을 감싼 육신보다 현명해지지 않겠는가? 당신은 부드럽고 달콤한 친밀감을 느낄 수 있는가? 마음을 비운 채 자신에게 만족하며 그 어떤 탐욕도 거둘 수 있는가? 삶의 쾌락을 오래도록 맛보기 위해 장수를 기원하거나 승리를 지향하는 대신 현재의 모습에 기꺼이 만족하자. 눈앞에 주어진 것을 한껏 즐기며 세상만사는 모두 신의 뜻임을 확신하자. 무릇 신이 좋아하는 것은 필시 당신에게도 어울리게 마련이다. 신은 '선하고, 정의롭고, 아름답고, 어디에나 존재하

일하고 있는 고대 로마인.

며, 만물에 이로운' 것을 소망하며 당신에게 모든 것을 부여했다. 모든 것이 소멸한 뒤에는 또다시 새로운 시작이 반복되리라. 그대는 신과 인간을 책망하고 또 그들에게 비난받는 대신 아름다운 조화를 이루어 보지 않겠는가?

2. 당신의 본성이 요구하는 것이 무엇인지 성찰해보자. 그리고 기꺼이 '본성'이 이끄는 대로 행동하자. 그다음에는 '살아 있는 존재로서의 본성'이 무엇을 요구하는지 깨달아야 한다. 이성을 지닌 생명체의 본분이란 반드시 이성과 사회에 어울리게 마련이다. 그러니 이 원칙만을 따를 뿐, 다른 것에는 곁눈질하지 말자.

3. 당신에게 일어나는 모든 일은 본능적으로 참을 수 있거나 혹은 참을 수 없는 것들이다. 만약 전자라면, 세상을 원망하지 말고 그저 최선을 다해 인내하면 된다. 반면 후자의 경우라도 불평할 필요는 없다.

그것 역시 당신이 스러진 후엔 자연스레 소멸할 것이니 말이다. 그러니 어떤 상황에서든 당신은 모든 것을 인내할 수 있음을 기억하자. 참을 수 있는지 여부는 전적으로 당신의 생각과 의지에 달려 있다. 인내가 당신에게 이익이 되는지, 의무에 부합하는지를 잘 생각해보자.

4. 상대가 잘못을 저질렀을 때는 그가 무엇을 잘못했는지 가르쳐주고 잘 이끌어주어야 한다. 만약 그렇게 하지 못했다면 당신 자신을 탓해야 한다.

5. 당신에게 닥친 모든 일은 태초에 정해진 것들이다. 실타래처럼 얽힌 인과관계(이것 역시 이미 태초부터 정해져 있다)는 그대 인생의 갖가지 사건을 하나씩 짜고 있다.

6. '이 우주가 하나의 원자 덩어리든 온전한 자연적 총체든 간에, 내가 이 우주의 일부라는 사실은 분명하다. 또한 나와 같은 성질을 지닌 다른 부분과도 밀접한 관계를 맺고 있다.' 내가 우주의 일부라는 사실을 기억하면 세상에 일어나는 어떤 일에도 분노하지 않을 수 있다. 우주적 총체는 결코 그 자신에게 불리한 것을 품지 않으며 세상 만물역시 같은 원칙을 가지기 때문이다. 우주 자연은 '외부의 영향을 받지 않으며 자기 자신에게 해가 되는 어떤 것도 만들지 않는다'는 특징이 있다.
그러니 내가 '이런 총체의 일부'임을 기억하면 세상 모든 일을 유쾌하게 받아들일 수 있다. 또한 다른 사람들과 밀접한 관계를 유지한다

2세기에 주조된 동전.

면 (상대를 배신하기는커녕) 타인에게 관심을 기울이며 공공의 이익을 위해 최선을 다할 것이다. 그러면 인생은 순조롭게 풀리리라. 대중의 이익을 위해 힘쓰는 공민公民처럼 기꺼이 국가에 부여받은 임무를 받아들이면 삶은 한없이 유쾌해질 것이다.

7. 총체의 각 부분, 즉 우주의 모든 것은 반드시 소멸한다. 여기서 '소멸'이란 곧 '변화'를 의미한다. 그런데 모든 과정에서의 '변화'가 (결코 피할 수 없는) 나쁜 일이라면 우주는 영원히 자신의 모습에 만족할 수 없을 것이다. 우주의 각 부분은 변화에 변화를 거듭하며 각기 다른 방식으로 소멸해가는 운명이기 때문이다. 그렇다면 우주는 원래부터 자신의 일부를 죄악에 빠지게 하고 스스로 나쁜 일을 저지르도록 한 것일까? 상황이 그렇게 되리라는 것을 전혀 몰랐을까? 물론 이 두 가지 판단은 모두 잘못된 것이다.

만약 우리가 '우주와 자연'이라는 단어를 빼놓고 다만 '자연적'이라는 식으로 세상일을 풀이한다고 가정해보자. 그러면 혹자는 '전체의 각 부분은 자연적으로 변화가 생긴다'라고 주장하겠지만, 또 다른 이는 각 사물이 분해되어 원래의 구성요소로 돌아가는 과정을 보고 놀라움과 괴로움을 금치 못할 것이다. 그러나 이런 반응(놀라움과 괴로움)은 헛된 것으로 사실상 우리가 구성하는 사물의 본질은 언젠가 흩어져 변화할 수밖에 없다. 육신이 흙으로 변하고 영혼이 허공으로 흩어지듯, 세상 만물은 결국 우주의 이성으로 되돌아가는 것이다.

그러므로 당신의 육신과 영혼이 원래부터 자신의 것이라고 생각해서는 안 된다. 그것은 어제 혹은 그저께쯤 당신이 먹은 음식과 들이쉰 공기 덕분에 자라난 것이니 말이다. 즉 변화를 일으키는 것은 (당신이 어머니의 모태에서 받아들인 것이 아니라) 스스로 섭취하는 내용에 달려 있다. 물론 어머니께 물려받은 부분과 당신 스스로 만들어낸 부분이 서로 밀접한 관계를 맺는 것은 틀림없지만, 설령 그렇더라도 '주도적인 이성'에 대한 믿음은 변하지 않는다.

8. 만약 당신에게 '겸손하고, 솔직하고, 총명하고, 자비롭고, 도량이 넓고, 관대한 좋은 사람'이라는 평판이 있다면 이 명예를 잃지 않도록 노력하자. 그리고 혹시라도 자신의 미명을 잃었다면 가능한 빨리 회복해야 한다. '총명하다'는 것은 '일체의 사물을 철저히 통찰할 수 있다'는 뜻이고, '자비롭다'는 것은 '우주에게 부여받은 일부를 기꺼이 받아들인다'는 의미다. 또한 '도량이 넓고 관대하다'는 것은 '육신의 쾌락과 고통, 헛된 욕망, 죽음의 공포를 비롯한 다양한 가치에 초연하다'는 뜻이다. 그러나 이런 명성을 얻기 위해 남의 평가나 칭찬에만 연연해서는 안 된다. 대신 새로운 인간으로 태어나 새로운 삶을 시작해보자. 변화하지 않는 것은 부패하게 마련이다. 지나치게 게으르거나 집착이

고대 로마 시대의 벽화. 격투사와 야수 사이의 치열한 결전을 묘사하고 있다.

많은 자는 마치 야수와의 경기에 내던져져 반쯤 잡아먹힌 노예나 다름 없다. 이미 피투성이가 된 몸으로 조금만 더 살게 해달라고 애걸하는 그는 어차피 내일이면 맹수의 날카로운 발톱에 찢기고 말리라.

그러니 자신의 명예를 떳떳하게 지켜나가자. 본인의 미명을 지킨 사람은 마치 '행복의 섬'을 향해하는 사람처럼 여유롭게 살 것이다. 그러나 아무리 세상을 떠돌아도 목적지를 정할 수 없다면 세상 한곳에 머물며 용기를 키우거나 그냥 인생을 포기하자. 분노가 아닌 소박함·자유·겸손을 품고 미련 없이 인생에서 벗어나는 것이다. 자신의 평판을 유지하기 위해서는 언제라도 신의 뜻을 생각해야 한다. 신은 아첨이나 아부가 아닌 이성적인 존재로서의 판단력을 요구한다. 이 때문에 우리는 무화과나무가 무화과를 맺고 꿀벌이 꿀을 따듯 주어진 일에 충실해야 한다.

9. 광대극·전쟁·비겁함·무감각·노예와 같은 것이 우리가 받아들인

자연의 신성한 법칙을 완전히 무너뜨리고 있다. 그러나 당신은 이 같은 눈앞의 임무를 주도면밀하게 처리하는 한편 진실을 밝히는 자신감으로 흔들림 없이 나아갈 길을 밝혀야 한다.

대체 언제쯤이나 '소박함에서 우러난 기쁨'과 '존엄성에서 우러난 즐거움'을 맛볼 수 있을까? '각 사물을 제대로 인식함으로써 얻어지는 쾌락'이란 무엇인가? 이것의 본질은 어떠하며 얼마나 오래 유지되는가, 무엇으로 이루어져 있고 누구에게 속하는가, 어떤 이에게 줄 수 있고 또 누가 빼앗아가는가?

10. 거미 한 마리가 파리 한 마리를 잡아놓고 우쭐댄다. 한 사람은 토끼 한 마리를 잡고 득의양양해하며 또 다른 사람은 작은 물고기 한 마리에 희희낙락한다. 멧돼지를 잡고 뿌듯해하는 사람이 있는가 하면, 곰 한 마리 또는 사르마티아인Sarmatian[1]을 잡아놓고 즐거워하는 사람도 있다. 그러나 이들 행위의 근원을 따져보면 결국 강도짓이나 마찬가지 아닌가?

---

1   오늘날 폴란드와 러시아 일대에 거주했던 민족으로, 부족 내 여성이 매우 호전적이고 용감했던 것으로 유명하다.

분노와 공포, 비통함에
흔들리지 말라

11. 만물의 변화 체계에 대해 자세히 관찰하고 이를 이해하기 위해 끝없이 연구하자. 드넓은 학문의 세계를 넓히는 데 이보다 더 좋은 방법은 없다. 생각하는 자는 자신이 언젠가 모든 것을 버리고 속세를 떠나야 한다는 사실을 깨닫게 된다. 그래서 항상 정의로움을 추구하며 언제 어디서든 우주와 자연의 뜻을 따르기 위해 집중하게 될 것이다. 그는 남의 평가나 생각, 태도에는 별로 개의치 않는다. 현재 자신의 행동이 정의롭다고 믿고 운명에 만족하며 심리적인 안정을 찾기 때문이다. 그는 모든 번뇌와 야심을 버리고 별다른 욕심도 부리지 않는다. 다

고대 그리스에 훈련 중인 운동선수.

만 자연의 법칙에 따라 올바른 길을 추구하며 그 길 끝에서 신의 숨결을 느낄 수 있길 바랄 뿐이다.

12. 어떻게 행동할지 결정할 때 왜 자신을 믿지 못하는가? 자신이 가야 할 길을 알고 있다면 기쁜 마음으로 힘차게 나아가자. 그러나 갈 길을 모르겠거든 다시 돌아와 현명한 사람들과 의논해야 한다. 혹 장애물에 부딪혔을 때는 정의의 원칙을 명심한 채 가능한 신중하게 앞으로 나아가자. 물론 한번에 성공을 거두는 것이 최선이지만 시도도 해보지 않고 실패할 수는 없지 않은가.

이성적인 사람은 모든 일을 여유롭고도 부지런하게, 유쾌하면서도 침착하게 처리한다.

13. 잠에서 깨어나거든 곧바로 자기 자신에게 물어보자. "남이 행

한 정의로운 일과 내가 한 것과의 차이점이 무엇일까?" 물론, 다른 것은 없다. 이와 마찬가지로 남에게 함부로 비난을 퍼붓는 자는 침대든 식탁에서든 똑같이 행동한다는 점을 기억하자. 그들은 과연 어떤 짓을 저질렀는가? 그들이 쫓는 것과 피해 다니는 것은 무엇인가? 그들은 어떻게 손과 발이 아닌 인간의 가장 고귀한 부분(즉, 인간의 믿음, 겸손함, 진리, 규칙과 선량한 '정신')을 이용해 남의 가치를 훔치고 빼앗았을까?

14. 교양을 갖춘 겸손한 사람은 모든 권력을 부여하고 또 되찾아가는 대자연에게 이렇게 말한다. "원하는 대로 내리시고 원하는 대로 가져가소서!" 이처럼 그의 말 속에는 그 어떤 오만함도 녹아 있지 않다. 다만 순수하게 신께 복종하는 마음뿐인 것이다.

15. 당신이 살아갈 시간은 얼마 남지 않았다. 그러니 마치 산꼭대기에 사는 것처럼 생활하자. 아니, 사실 어디에 사는지는 아무런 상관이 없다. 그저 세계의 시민으로서 자연의 법칙에 따라 바르게 살면 되는 것이다. 그러나 사람들이 당신을 받아들이지 못한다면 차라리 그들의 손에 죽음을 택하자. 그것이 그들처럼 사는 것보다는 나을 것이다.

16. 이제부터 좋은 사람이란 어떠해야 한다는 토론은 그만두자. 그냥 좋은 사람이 되면 된다!

17. 하나의 총체인 시간과 본질을 끊임없이 탐구하자. 거대한 본질에 속한 각각의 사물은 그저 무수히 많은 무화과 씨앗 가운데 하나에

고대 그리스에 창던지기를 연습하는
운동선수.

불과하다. 그리고 그들이 존재하는 시간이란, 무한한 시간 속에 나사
못 한 번 돌리는 순간에 불과하다.

18. 존재하는 모든 사물을 주의 깊게 관찰하며 이것이 이미 변화하
고 분해되어가는 중임을 즉, 부패하고 소멸해가는 과정에 있음을 깨닫
자. 그리고 모든 사물이란 나면서부터 죽는다는 사실을 이해하자.

19. 먹고, 자고, 성교하고, 배설하는 인간의 모습은 얼마나 추악한
가! 기고만장해 오만함을 부릴 때, 높은 지위에 올라 불안에 떨 때 혹
은 남을 질책할 때는 대체 어떤 모습인가! 불과 얼마 전까지 남에게 고
개를 조아리며 이익을 구걸하던 이들은 또 어떻게 돌변할 것인가?

20. 우주와 자연은 각 사물에게 가장 유익한 순간에, 가장 유익한

혜택을 가져다준다.

21. 이곳에서의 삶에 이미 익숙해졌든, 다른 곳으로 떠나가든, 아니면 본분을 다하고 죽음을 맞이하든, 그것은 오롯이 당신 뜻에 달려 있다. 이 밖에 다른 길은 없으니 다만 현실을 기뻐하자!

22. "대지는 소나기와 사랑에 빠졌고 장엄한 하늘 역시 사랑에 물들어 있다." 우주는 마치 열렬한 사랑에 빠진 듯 세상의 일체 만물을 만들어낸다. 때문에 나는 우주를 향해 "나도 너와 함께 사랑하리라"고 소리친다.

23. 사람이 사는 곳이라면 산봉우리, 해변 혹은 당신이 선호하는 어느 곳도 모두 마찬가지라는 점을 깨닫자. 이에 플라톤이 남긴 절묘한 표현을 곱씹어보자. "산꼭대기의 양 떼에 둘러싸여 있는 것처럼 성곽에 에워싸여 있도다!"[2]

24. 나의 이성이란 대체 무엇이며 그것은 어떻게 변해가는가? 나는 지금 이성을 어떻게 쓰고 있는가? 혹시 지혜와 동떨어져 있거나 사회의 이웃과 단절되어 있지 않은가? 또는 육체의 유혹에 빠져 욕망이 이끄는 대로 행하지는 않은가?

---

2 플라톤의《테아이테토스Theaitetos》에 등장하는 구절이다.

25. 주인에게서 멀리 도망치는 자는 곧 도망자다. 우리의 주인은 법法이며 법을 위반하는 자는 곧 도망자다. 분노와 공포, 비통함에 몸서리치는 사람은 언제나 '우주를 주관하고 인간의 운명을 지배하는 법칙'이 '이미 일어났거나 지금 일어나고 있는, 혹은 앞으로 일어날 사건'을 야기하지 않기를 소망한다. 그러므로 분노와 공포, 비통함에 흔들리는 사람 역시 도망자나 다름없다.

26. 한 남자가 자궁 안에 정자를 뿌리고 나면 또 다른 인연(에너지)이 힘을 발휘해 아기를 탄생시킨다. 이 얼마나 미묘한 생명의 시작인가! 갓난아기가 음식을 삼키면 또 다른 힘이 작용해 아이가 느끼고 움직일 수 있게 해준다. 생명과 에너지를 비롯한 수많은 삶의 오묘함이여! 물체 하나를 위아래로 움직이는 에너지와 마찬가지로 이 신비로운 과정을 완성하는 힘(원동력)을 잘 살펴보자. 눈에 보이지 않는다고 느낄 수 없는 것은 아니잖는가.

27. 눈앞에 존재하는 세상 만물은 우리가 태어나기 이전부터 이미 존재했고 우리가 죽은 후에도 여전히 존재할 것임을 끊임없이 상기하자. 당신의 경험 혹은 역사를 통해 배운 것을 하나하나 연극으로 재현해 눈앞에 펼쳐보자. 예를 들면, 하드리아누스와 안토니누스 피우스의 궁정[3], 필리포스와 알렉산더, 크로이소스Croesus[4]의 궁정 등을 말이다.

---

3 하드리아누스와 안토니누스 피우스의 궁정은 매우 호화로웠다.
4 크로이소스 국왕은 엄청난 부를 누린 것으로 유명했다.

이 모든 연극은 우리 눈앞의 현실과 전혀 다르지 않으리라. 다만 출연하는 배우만 달라질 뿐.

28. 어떤 일로 고통스러워하거나 불평이 가득한 사람은 (곧 제물로 희생될) 끔찍하게 울부짖는 돼지를 떠올리게 한다. 홀로 침대에 누워 운명의 굴레에 탄식하는 자 역시 비참한 돼지나 다름없다. 이성을 지닌 인간은 모든 것을 의연히 받아들여야 한다. 신의 뜻에 복종하는 것은 모든 생명체의 필연적인 운명이다.

29. 어떤 일을 하든 매 순간 자신에게 물어보자. "더는 이 일을 할 수 없기에 죽음이 두려운 것인가?"

30. 다른 사람의 잘못된 행동에 깜짝 놀랐는가? 그렇다면 당신도 같은 잘못을 저지르지는 않았는지 되돌아보자. "나는 과연 돈이나 헛된 명성 등에 매달려 이성을 잃지는 않았던가." 이렇게 생각하면 상대에 대한 분노를 잊고 더 관대하고 너그러워질 수 있다. 결국 그 사람도 어쩔 수 없었을 것이다. 달리 무슨 방법이 있었겠는가? 혹여 당신에게 좋은 생각이 있다면 그의 갈등을 없애주도록 하자.

31. 사티론Satyron[5]를 보면 소크라티쿠스Socraticus[6]나 에우티케스

---

5 아우렐리우스와 비슷한 시기에 살던 철학자.
6 초기 철학자.

고대 그리스에 멀리뛰기를 하는 운동선수.

Eutyches[7] 혹은 히멘Hymen[8]을 생각하고, 에우프라테스Euphrates[9]를 보면 에우티키온Eutychion[10]이나 실바누스Sylvanus[11]를 떠올리자. 그리고 알키프론Alciphron[12]을 보면 트로페오포루스Tropaeophorus[13]를 생각하고, 크세노폰Xenophon[14]을 보면 크리토Crito[15]나 세베루스를 떠올리자. 또한 자신을 바라볼 때면 카이사르를 비롯한 과거의 황제들을 떠올려보자. 그리고 곰곰이 생각해보자. "그들은 지금 어디로 갔는가?" 그러나 그들이 어디에 있는지는 아무도 알 수 없다. 결국 인생이란 마치 연기처럼 사라지고 한 번 변화한 것은 영원히 다시 존재할 수 없다는 것을 깨달을 것이다. 그렇다면 어찌해서 이리 힘들게 발버둥치는 것인가? 짧고 짧

---

7 초기 철학자.
8 초기 철학자.
9 철학자.
10 초기 철학자.
11 초기 철학자.
12 궤변가.
13 초기 철학자.
14 소요학파 철학자.
15 소크라테스의 친구.

은 인생 동안 왜 여유롭게 만족하며 살지 못하는가?

어쩌면 당신이 모든 기회를 내던졌을지도 모른다! 지금이야말로 인생을 꿰뚫어보고 이성을 단련시킬 기회가 아니겠는가? 마치 음식물을 소화시키듯, 활활 타오르는 불길에 모든 것이 열과 빛으로 뒤바뀌듯, 이성을 통해 진리를 받아들이자.

32. 남들이 당신에게 '진실하지 않다느니, 좋은 사람이 아니라느니' 말하지 못하도록 하자. 오히려 그들의 말이 거짓인 듯 느껴지도록 행동하자. 모든 것은 당신에게 달려 있다. 감히 누가 당신의 선량함과 성실함을 방해할 수 있겠는가? 선을 실천할 수 없다면 차라리 세상을 떠나기로 결심하자. 그런 상황에서는 이성조차 당신의 삶을 버리고 말 것이다.

33. 인생을 살며 어떻게 말하고, 어떻게 행동해야 올바른 법도에 따르는 것일까? 당신의 말과 행동은 오로지 자기 자신에게 달려 있다. 그러니 어떤 장애에 부딪혔다고 비겁하게 도망치거나 핑계대지 말자. 그러다보면 영원히 불평불만을 떨칠 수 없으리라. 대신 본능에 따르며 살아가자. 본능 자체를 즐기며 이에 걸맞게 행동하면 언제 어디서든 인생의 가치를 온전히 누릴 수 있을 것이다.

아무리 둥근 원통이라도 아무데나 굴러다닐 수는 없다. 물과 불 또는 자연이 지배하는 모든 물체, 비이성적인 영혼이 다스리는 사물도 제 홀로 움직일 수 없다. 그러나 지혜와 이성은 인간의 본성과 의지력을 바탕으로 모든 난관을 돌파하고 앞으로 나갈 수 있다. 불이 솟구치

고대 그리스, 원반던지기를 하는 운동선수.

고 돌이 떨어지고 원통이 굴러가듯, 우리의 이성은 온갖 장애물을 슬기롭게 헤쳐갈 수 있다고 생각하자. 그 외의 다른 장애물이나 시들어버린 육신의 껍데기는 이성 자체가 허락하지 않는 한, 우리에게 아무런 해도 입히지 못한다(그렇지 않다면 타격을 받은 자는 곧바로 엉망진창이 되고 말리라).

어떤 생명체든 화가 닥치면 자신도 해를 입게 마련이다. 반면 위기 상황을 잘 이용하면 오히려 더 나은 결과를 이끌어낼 수 있다. 자, 우주가 당신에게 현재의 지위를 부여했음을 기억하자. 동료들에게 무해한 것은 당신에게도 해가 될 리 없다. 이른바 말하는 '의외의 사건' 역시 자연법칙에 거스르는 것은 아니다.

34. 덕행을 갖춘 사람은 간단한 격언만 듣고도 슬픔과 공포에서 벗어날 수 있다. "살아 있는 모든 존재는 마치 바람에 날리는 낙엽과 같다"는 말처럼 당신의 자식들 역시 자그마한 이파리에 불과하다. 모든

이에게 들리도록 고함을 쳐대는 사람, 아첨을 일삼는 자, 욕설을 퍼붓는 사람, 등 뒤에서 비방하는 자 모두 한낱 잎사귀에 지나지 않는다. 누군가의 사후 명성을 전해주는 사람도 마찬가지다. 혹여 매서운 바람이 몰아쳐 이파리가 다 떨어지더라도 '봄이 오면 새로운 싹이 돋듯' 곧 새로운 잎사귀가 돋아날 것이다. 잠시 머물렀다 떠나는 것이 모든 생명체의 운명이다. 그런데도 당신은 마치 영원히 존재하기라도 할 듯 삶을 좇고 또 피하느라 안간힘을 쓰지 않는가. 얼마 후면 당신도 곧 눈을 감을 것이다. 그리고 당신을 무덤으로 이끈 사람 역시 곧 자신을 위한 장송곡을 듣게 되리라.

35. 눈이 건강하다면 모든 사물을 볼 수 있어야 한다. 그러니 "난 녹색만 볼 것이다"라고 말할 수는 없다. 그것은 곧 눈에 이상이 생겼다는 뜻이기 때문이다. 청각과 후각이 건강하다면 모든 소리를 듣고, 냄새 맡을 수 있어야 한다. 또한 소화능력에 문제가 없다면 마치 맷돌로 곡식을 갈아내듯 모든 영양소를 분해해 섭취해야 한다. 이와 마찬가지로 건강한 정신을 갖추었다면 모든 문제에 대응할 수 있어야 한다. 그러니 "내 딸만은 안전하길! 모든 사람들이 내 행동을 인정해주길!"이라고 바라는 사람은 녹색만 보려는 눈이나 부드러운 것만 씹겠다는 치아와 다를 바가 없다.

36. 죽음을 맞이한 순간에 그의 불행한 종말을 기뻐하는 사람이 없다면 그것만으로도 엄청난 행운일 것이다. 그가 아무리 똑똑하고 착한 사람이라도 누군가는 "이제야 한숨 돌리겠군. 스승이 우리에게 가혹하

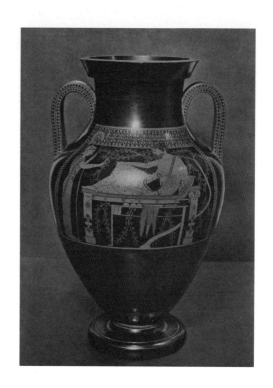
그리스 시대의 도자기병.

게 굴지는 않았지만 그래도 속으로는 우리를 욕하는 것 같더라"고 속으로 중얼거리지 않겠는가. 하물며 선량한 사람도 이러한데, 평범하기 그지없는 우리의 죽음을 기뻐할 사람이야 얼마나 많겠는가! 죽음의 순간이 닥치면 이렇게 생각해보자. 그러면 더욱 편안하게 생을 떠날 수 있으리라. "이제야 세상을 떠나는구나. 내가 아끼는 사람들을 위해 얼마나 힘들게 일하고, 기도하고, 고심했던가. 그런데 이들은 이 와중에도 무언가 이익을 얻지 않을까 기대하며 나의 죽음을 기다리고 있구나. 대체 이런 세상에 미련이 남을 것이 뭐란 말인가!"

그러나 당신은 어차피 떠나는 몸이다. 사람들의 생각 따위에는 개

그리스인이 만든 도자기.

의치 말고 자신의 대범한 진면목을 보여주자. 억지로 쫓겨나듯 굴어서
는 안 된다. 편안히 임종을 맞는 사람처럼 자연스레 영혼과 육신이 분
리되도록 하자. 당신과 세상을 한 몸으로 묶어준 우주와 자연이 비로
소 그 끈을 풀어주었으니 말이다. 나는 억지로 떠밀리거나 무기력하게
쫓겨나는 대신 마치 가족과 이별하듯 세상을 떠날 것이다. 이러한 작
별도 자연의 일부분이기 때문이다.

37. 다른 사람의 매 순간 행동에 대해 습관처럼 자신에게 되묻자.
"이 사람은 무슨 이유 때문에 이렇게 행동하는 걸까?" 그러나 타인에
게 묻기 이전에 먼저 자기 자신에게 물어보자.

38. 진정 당신을 지배하는 것은 바로 내면에 숨겨진 은밀한 힘이라
는 사실을 기억해야 한다. 바로 그 힘이 당신의 말과 생활, 그리고 인
간됨을 이끄는 것이다. 무릇 내면의 힘을 생각할 때는 외면적인 모습

이나 그 부속기관 따위에 연연해서는 안 된다. 마치 노동자의 손도끼나 다름없는 이것들은 단지 사람의 육신에 존재한다는 차이점밖에 없다. 때문에 이들을 움직이는 에너지가 사라진 다음에는 직조공의 베틀, 작가의 펜, 마부의 채찍처럼 금세 무용지물이 되고 만다.

제11장

"미묘한 원형체인 영혼은 외부의 사물을 향해 뻗어가거나 자기 내면으로 뒷걸음질 치지 않는다. 또한 확장되지도 위축되지도 않는다. 영혼은 빛을 발산하며 세상 만물의 진리 및 자기 내면을 통찰한다."

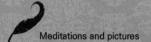

Meditations and pictures

모든 일에는
분명 일어난 이유가 있다

    1. 이성적인 영혼은 자신을 바라보고 분석하며 자기 의지에 따라 스스로를 단련한다. 식물의 열매나 동물의 부산물이 다른 존재에 전해져야 그 가치를 발하는 것과 달리 그는 자신의 성취를 스스로 맛본다. 또한 삶의 영역이 아무리 제한적이더라도 자신의 목표를 달성할 수 있다. 만약 무용 등의 예술 공연에서 잠시 극이 중단된다면 그 공연은 불완전한 것이 된다. 하지만 이성적인 영혼은 모든 순간, 모든 부분에서 자신의 책임을 완수한다. 때문에 "난 내 모든 것을 충분히 다스리고 있다"라고 말할 수 있다.

로마 통치 시절, 한 이집트 여성의 장례식 초상화다.
여성이 두른 진주 보석이 매우 정교하고 아름답다.

나아가 영혼은 온 우주를 비롯해 우주를 둘러싼 거대한 공간을 자유로이 돌아다니며 그것의 형식을 관찰한다. 그리고 무한한 시간대로 들어가 세상 만물의 순환적 재생을 고찰한다. 그 결과, 우리 선조가 우리보다 더 많은 것을 보지는 못했듯 우리 후손 역시 별다른 새로운 것을 보지 못하리라는 사실을 깨닫는다. 그리해서 (좀 똑똑한 사람이라면) 나이 마흔이 되면 예부터 지금까지의 경험을 통해 "과거와 미래를 모두 보았다"고 말할 수 있다. 이밖에도 이성적인 영혼은 이웃에게 사랑과 성실함, 겸손함을 베푸는 동시에 자기 자신을 가장 소중하게 여긴다. 그러므로 합리적인 이성과 정의로운 이성은 사실상 같은 것이다.

2. 아름다운 선율에서 음정 하나씩을 떼어놓고 각각의 음을 들으며 자문해보자. "과연 이것이 감동스러운가?" 아마 절대 그렇지 않을 것이다. 춤 역시 마찬가지다. 동작 하나하나, 자세 하나하나를 분리해서 관찰해보면 그다지 아름답지 않다. 격투도 이와 크게 다르지 않다. 결국 (미덕과 그 가치는 제외하고) 모든 사물의 구성조직 하나하나를 자세히 관찰해보면 그 실체를 더욱 정확하게 파악할 수 있다. 그러니 우리의 인생 전체도 이렇게 파악해야 한다.

3. "내가 공익에 어떤 기여를 했는가? 난 이미 충분한 보상을 받았건만." 끊임없이 이렇게 생각하며 노력을 게을리하지 말자.

4. 당신은 어떤 목표가 있는가? '좋은 사람이 되는 것.' 그러나 우주의 본성과 인간의 독특한 성향에 대해 제대로 알지도 못하면서 어떻게 좋은 사람이 되겠는가?

5. 때가 오면 곧바로 육신을 벗어날 수 있어야 한다. 언제라도 기꺼이 소멸하거나 흩어질 수 있는 영혼은 얼마나 고귀한가! 단, 이러한 마음의 준비는 반드시 내면의 판단에서 비롯되어야 한다. '마치 기독교도처럼' 신중함과 존엄성을 겸비하자. 남을 복종시키기 위해서는 연극적인 장치가 아닌 진심으로 다가서야 한다.

6. 비극이란 원래 대중에게 세상의 진실을 보여주기 위해 자연스럽게 탄생한 것이다. 그래서 무대 위의 흥미진진한 일이 실제 인생에서

고삐를 조종하는 전차기수.

벌어지더라도 그리 괴로워할 필요는 없다. 모든 사건은 자연히 일어나게 마련이기에 "오, 키타이론Cithaeron[1]이여!"라고 외치던 사람들도 결국 자신의 불행을 인내해야 했다. 연극에는 꽤나 유용한 표현이 많이 등장한다. 예를 들어, "신이 나와 내 아들들을 버리는 데는 분명히 그럴 만한 이유가 있을 것이다", "화를 내봤자 아무런 소용이 없다", "우리네 목숨은 마치 잘 익은 보리 이삭처럼 베이고 말리라" 등, 이외에도 셀 수 없이 많은 구절이 있다.

비극 이후에는 고대 희극이 등장했다. 희극 속의 담백하고도 호방한 표현은 세속적인 방탕함에 대한 경고로 비추어졌다. 디오게네스 역시 이와 같은 극을 공연했다. 이후 중세기에 들어서면서 희극은 크게 번성했고 그다음에는 새로운 희극의 형태가 탄생했다. 그러나 이것은 곧 기존 희극의 기교만을 모방한 아류로 전락했다. 물론 이들 작품에도 세상 사람들에게 유익한 이야기가 담겨 있다. 그렇다면 시와 연극이란 대체 어떤 목적을 담고 있는가?

---

1 키타이론 산을 가리킨다.

"자연은 언제나 예술보다 우월하다." 예술이란 결국 자연의 모방작에 지나지 않는다. 즉, 아무리 훌륭한 예술이라도 자연 속의 아름다운 완벽미를 절대로 뛰어넘지 못하는 것이다. 우주와 자연 및 예술 세계에서 비천한 사물은 그저 고귀한 실체를 위해 존재할 뿐이다. 정의란 자연에서 탄생하고 그 외의 미덕은 바로 정의에서 탄생한다. 때문에 보잘것없는 것에 치중하거나 의지가 유약할 때 혹은 쉽게 미혹되거나 경거망동할 때는, 더는 정의를 지켜낼 수 없다.

7. 철학에 어울리는 삶을 살아가기에 지금보다 더 좋은 때는 없다.

8. 나뭇가지에서 잘려나간 가지는 나무 전체에서 잘려나간 것과 같다. 이와 마찬가지로 누군가로부터 떨어져나온 사람은 전체 사회에서 격리된 것이나 다름없다. 여기서 다른 점은 나뭇가지는 인간의 손으로 꺾인 것이지만, 사람은 그를 싫어하는 이웃들이 스스로 떠나버린 데에 있다. 물론 그 자신은 본인이 사회에서 격리되었음을 미처 알지 못한다. 그러나 인간에게 사회성을 부여한 신은 우리에게 또 다른 능력을 선사했다. 즉, 이웃과 함께 새로이 화합할 수 있는 능력을 준 것이다. 다만, 관계의 분열이 지속되면 서로의 간극을 복구하기가 점점 더 힘들어진다. 원래부터 나무에 붙어 자란 나뭇가지와 떨어졌다 붙은 나뭇가지가 어찌 같을 수 있겠는가. 그러니 설령 한 몸이더라도 언제나 한마음일 수는 없는 법이다.

9. 일부 사물은 뒤쫓는 것도, 회피하는 것도 고통스럽기 그지없다.

폼페이 고성 유적.

그러나 사실 이런 고통은 스스로 초래한 것이기 쉽다. 그러니 언제든 냉정한 판단력을 유지하자. 이것들이 제 발로 당신에게 다가오진 않을 테니, 굳이 힘겹게 뒤쫓거나 도망치지 않아도 될 것이다.

10. 미묘한 원형체인 영혼은 외부의 사물을 향해 뻗어가거나 자기 내면으로 뒷걸음질을 치지 않는다. 또한 확장되지도 위축되지도 않는다. 영혼은 빛을 발산하며 세상 만물의 진리 및 자기 내면을 통찰한다.

정의로운 이성의 길을 방해하는 사람들이 있다. 하지만 그들이 영원히 당신을 가로막을 수는 없으리라. 그러니 온화한 태도를 잃지 말되 경계심을 늦추어서는 안 된다. 즉, 판단하고 행동할 때는 굳건한 의지를 지키는 한편 당신의 바른길을 막아서거나 방해하는 사람들에게는 부드러운 태도를 보이는 것이다. 사실 그들에게 분노를 표출하는 것 자체가 나약함을 드러내는 셈이다. 두려움에 벌벌 떨며 뒷걸음질 치는 것 또한 마찬가지다. 두려움이나 분노 때문에 자기 자리를 포기하는 사람은 겁쟁이거나 배신자일 뿐이다.

인간에게는
고귀하게 살 능력이 있다

11. 누군가가 나를 경멸한다고 어쩌겠는가? 그것은 그 사람의 일일 뿐이다. 그저 상대에게 무시당할 말과 행동을 하지 않도록 노력하는 수밖에 없다. 누군가가 나를 질투하고 미워한다고 어쩌겠는가? 그것은 그 사람의 일이다. 나는 다만 모든 사람들에게 선을 행하고 적들의 오해를 풀어주려 노력하면 그만이다. 상대를 질책하거나 자신의 위대한 힘을 과시하지 말고 포키온Phocion[2]처럼 솔직하고 담백하게 행

---

2 무고한 누명을 쓰고 죽은 아테네인으로, 정직하고 올바른 행위의 표상으로 추앙받는다. 그는 죽기 전에 아들에게 이런 말을 남겼다. "이 일로 아테네인을 혐오하지는 마라."

동하자. 또한 그 어떤 일에도 분개하지 않고, 그 어떤 사건도 재앙으로 여기지 말아야 한다. 아! 대체 무슨 재앙이 닥치겠는가? 본성에 어울리는 일을 행하는 동시에 우주와 자연의 모든 것이 공공의 이익에 부합한다고 믿는다면 대체 무엇을 재앙이라 여길 수 있겠는가?

12. 인간은 서로 경멸하면서도 한편으로는 서로 아첨을 늘어놓는다. 또 상대를 이기고자 갈망하면서도 상대 앞에서는 비굴하게 굽실댄다.

13. "이제부터는 정직하게 행하겠소!"라고 큰소리치는 사람들은 얼마나 위선적이고 타락했는가. 그렇다면 우리는 어떻게 해야 할까? 이런 말은 굳이 드러낼 필요가 없다. 당신의 얼굴에 그대로 나타나기 때문이다. 마치 사랑에 빠진 연인의 얼굴에서 속마음이 드러나듯, 당신의 목소리에 결심이 묻어나고 눈매에 다짐이 배어나온다. 소박하고 선량한 사람은 그만의 향기를 지니고 있기에 가까이 다가설 때면 어김없이 그 향취를 느낄 수 있다. 그러나 짐짓 소박한 척 꾸미는 사람은 양과 우정을 나누는 이리처럼 사악하기 그지없다. 그러니 날카로운 단검과 같은 이런 사람은 반드시 피해야 한다. 선량한 사람, 온화한 사람, 성실한 사람은 눈매에 모든 것이 드러나기 때문에 그만의 품성은 도저히 숨길 수가 없다.

14. 인간 내면에는 중요하지 않은 일에 초연해질 수 있는 능력이 숨어 있다. 그러니 이 능력을 배양하면 가장 고귀한 삶을 누릴 수 있으리라. 중요한 것과 중요하지 않은 것을 분별할 때는 각 부분을 따로따로

게르마니쿠스의 초상화. 게르마니쿠스는 티베리우스 황제의 조카이자 양자다. 역사학자 타키투스Tacitus는 그를 "담담하고 욕심이 없는 사람"이라고 묘사했다.

면밀히 관찰하거나 전체적인 큰 그림을 조망할 줄 알아야 한다. 또한 이것이 우리에게 어떤 의견을 강요하거나 압박할 수는 없다는 사실을 기억하자. 사건은 그저 외부에 조용히 머물러 있을 뿐 마음속에 판단을 내리는 것은 바로 우리 자신이다. 사실 우리는 외부에 대한 판단을 마음에 새길 필요는 없다. 그것이 우리의 마음을 점령하려 하거든 곧바로 이들을 떨쳐버리자! 인생은 찰나에 불과하기에 우리가 세상에 관여할 시간은 별로 없다. 그러니 뒤틀린 세상에 불평을 늘어놓는 것이 무슨 소용인가? 그저 이를 자연의 뜻이라 여기고 한껏 즐기자.

15. 만물은 어디에서 왔고, 무엇으로 이루어졌으며, 어떤 변화를 겪고, 무엇으로 변해가는지 생각해보자. 이러한 변화의 과정은 그 어떤 손실도 없이 영원히 계속되리라.

16. 첫째, 당신과 인류와의 관계를 고찰해보자. 우리는 원래 서로를 돕기 위해 이 세상에 태어났다. 다른 관점에서 보자면 나는 마치 양 떼를 감독하는 양치기처럼, 소 떼를 돌보는 목동처럼 세상 만민을 감독해야 하는 것이다. 먼저 이렇게 생각해보자. "세상 만물이 단순한 원자 덩어리가 아닌 한 분명히 세상을 지배하는 자연이 있다. 그렇다면 비천한 것은 더 우월한 것을 위해 존재하며 우월한 것들은 서로를 위해 존재한다."

둘째, 밥을 먹을 때, 잠을 잘 때, 그리고 그 외의 순간에 그들은 대체 어떻게 행동하는가? 특히 그들은 어떤 가치에 기꺼이 복종하며 어떤 행위에 스스로 우쭐해하는가?

셋째, 사람들이 올바른 행동을 했을 때는 화를 낼 까닭이 없다. 그러나 그들이 잘못을 저질렀더라도 그것은 그들의 본심이 아닌 무지에서 나오는 행동일 것이다. 그 누구도 삶의 진리와 정의롭게 행하는 능력을 일부러 내팽개치지는 않는다. 비정하고, 탐욕스럽고, 부도덕한 자로 낙인찍히고 싶은 사람이 대체 어디 있겠는가.

넷째, 당신도 다른 이들과 마찬가지로 잘못을 저지른다. 만약 아직 잘못을 저지르지 않았다면 그것은 겁이 많거나 명예를 잃기 싫어서 혹은 또 다른 비루한 핑계 때문일 뿐이다.

다섯째, 사람들이 대부분 일을 '임시변통'식으로 행하기에 그들이 어떤 잘못을 저질렀는지는 명확히 증명해낼 수 없다. 그러니 상대의 행동을 '정확하게 판단'하기 전에 반드시 많은 것을 정확히 꿰뚫고 있어야 한다.

여섯째, 엄청난 분노가 치밀어 올라 도저히 참을 수 없을 때는 인생이란 찰나에 불과하며 얼마 후엔 모두 무無로 돌아간다는 사실을 기억하자.

일곱째, 사실 우리를 화나게 하는 것은 사람들의 행동(이것은 '그들의' 이성적인 영역에 속해 있다)이 아닌 그에 대한 우리의 판단과 생각이다. 상대의 행동이 화의 근원이라는 생각을 버리자. 그러면 분노도 사라질 것이다. 그렇다면 어떻게 해야 이런 생각을 지울 수 있을까? 상대의 행동을 정확히 파악하는 것은 결코 부끄러운 일이 아니다. 오히려 수치스러움이란 죄악을 떨치지 못할 때 수많은 과오를 피할 수 없으리라.

여덟째, 분노와 번민을 초래하는 상대의 행동 그 자체보다 그로 인해 나타난 우리의 분노와 고민이 더욱 끔찍한 결과를 가져온다는 사실을 명심하자.

아홉째, 부드러움은 모든 것을 이긴다. 단, 가식적인 미소나 거짓 위선이 아닌 진심 어린 마음이어야 한다. 그러면 아무리 난폭한 자라도 감히 어쩌겠는가? 줄곧 온화하고 따뜻한 태도로 기회가 있을 때마다 친절하게 대하고, 그가 상처를 주려 할 때는 조용히 타이르자. "안 돼, 그러지 말라. 그것은 내가 아니라 너 자신을 다치게 하는 길이다." 이렇게 스스로 깨닫게 해주면 사회적 본능을 가진 동물이라면(심지어 꿀벌조차도) 함부로 행동하지는 않을 것이다. 이때는 조롱하거나 질책하는 말투 대신 정성스럽고 따뜻한 어조로 말해야 한다. 적의를 드러내거나 훈계를 하는 것도 금물이다. 또한 옆 사람에게 관심을 드러내서도 안 된다. 그 자리에 다른 사람이 있더라도 마치 그 사람만 존재하는 것처럼 상대에게 집중하자.

고대 로마의 페르티닉스Pertinax 황제.

위의 아홉 가지 규율에 대해 곰곰이 생각해보자. 그리고 신이 내린 음성인 듯이 사는 동안 최선을 다해 실천하자. 남에게 화를 내지도 아첨하지도 말자. 이런 행동은 전체 사회에 어울리지도 않을 뿐더러 오히려 손해만 끼치기 일쑤다. 분노가 치밀어 오를 때는 '화를 내는 것은 대장부답지 않다. 부드러운 성품이 훨씬 인간적이고 남자다운 법이다'라고 생각하자. 담력과 용기, 고매한 인격을 갖춘 사람은 쉽게 분노하거나 불평하지 않는다. 침착한 사람일수록 강한 사람이다. 슬픔과 분노는 자신의 나약함을 드러낼 뿐이며 인간은 결국 이 때문에 상처받고 무너진다.

원한다면, 예술의 신 아폴론Apollon에게 열 번째 교훈을 전수받자. "악인이 잘못을 저지르지 않기를 바라는 것이야말로 미친 짓이다." 그것은 아무리 바라도 결코 이루어질 수 없는 일이다. 악인의 온갖 악행을 다 참아내면서도 그가 오직 자신에게만 선량하길 바란다는 것은 잔

그리스풍의 금빗 손잡이. 그림 속에는 어느 스키타이인Scythian이 쓰러진 말 한 필을 에워싸고 전투를 벌이고 있다. 이를 보면 당시 스키타이인은 그리스에서 화려한 장식품뿐 아니라 무기도 들여왔음을 알 수 있다.

혹하면서도 냉정한 욕심이 아닐 수 없다.

17. 우리는 이성에 나타나는 네 가지 이상 현상을 끊임없이 조심해야 한다. 혹시 그런 현상이 나타난다면 곧바로 완전히 제거하고 나서 자신에게 이렇게 말하자. "이것은 쓸데없는 생각이다. 이것은 인간관계를 망가뜨리는 행동이다. 이것은 결코 내면에서 우러난 진심이 아니다."(내면에서 나온 말이 아니라면 이것이야말로 말의 모순이 아닌가?) 그리고 네 번째에 이르면 잘못을 뉘우쳐야 한다. "나의 신성한 영혼이 저 비천한 육체의 졸렬한 쾌락에 이미 굴복했구나!"

18. 당신의 영혼 및 몸 안의 기체, 불의 성질을 가진 것은 본능적으로 위로 올라가려고 한다. 하지만 이것은 현재 우주의 체계에 순응하며 당신의 육신, 즉 인간 세상에 머물고 있다. 또한 몸 안의 흙, 물의

성질을 가진 것은 본능적으로 아래로 향하려 함에도 현재 자신의 본성과 맞지 않는 위치에 자리한다. 이처럼 모든 원소는 최후의 순간에 분해되는 임무를 맞이하기 전까지는 전체 우주의 원리에 따라 제자리를 지킨다.

그런데 유독 이성적인 부분만 제자리를 지키지 못하고 반발한다면 이상한 일이 아닌가? 이성을 잡아두는 방법은 본성에 따르는 것밖에 없다. 그런데도 이성이 오히려 반대 방향으로 가고 있다면 어떨까? 정의롭지 못한 행동·분노·슬픔·공포 등은 모두 자연의 본성에 거스르는 행동에 해당한다. 어떤 일에 부딪혀 고민하고 괴로워한다면 그것은 이성이 제자리를 잃었기 때문이다. 이성이 있는 사람은 정의와 예절, 신의 뜻에 따라 행동하게 마련이다. 무릇 경건한 행동이란 진정한 사회성이 깃들어 있으며 정의의 기틀 아래 행해지는 것이다.

19. 삶의 목표가 계속 흔들린다면 그의 인생 역시 끊임없이 흔들릴 것이다. 아니, 이 말로는 부족하다. 조금 더 설명해보자. "그렇다면 대체 목표란 어떠해야 하는가?" 대다수 사람에게 유익하다고 모두가 동의하는 것은 아니며 오로지 공공의 이익에 부합하는 것만이 전체의 지지와 동의를 받을 수 있다. 그러니 우리는 반드시 '공공의 이익'을 목표로 삼아야 한다. 이 목표를 향해 꾸준히 나가다보면 분명 삶에서 일관성을 유지할 수 있으리라.

20. 도시 쥐와 시골 쥐가 만난 이야기를 잊지 말자. 그리고 시골 쥐가 느꼈을 공포와 놀라움을 기억해두자.

아우렐리우스의 동생, 루키우스 베루스.

21. 소크라테스는 페르카디스Perdiccas의 궁정 초대를 거절하며 이렇게 말했다. "나는 염치없는 죽음을 맞이하고 싶지 않다."[3] 이 말은 곧 갚을 수 없는 은혜는 입지도 않겠다는 뜻이다.

22. 공공의식이 펼쳐질 때면 스파르타인은 시원한 자리는 손님에게 내어주고 본인은 아무데나 자리를 잡고 앉았다.

23. 소크라테스는 일찍이 민중의 의견을 '요괴(아이들을 놀라게 하는 괴물)'라고 불렀다.

24. 에베소인Ephesian[4]의 작품에는 '덕을 갖춘 고귀한 옛사람의 삶을 항상 생각하자'라는 충고가 적혀 있다.

---

3 플라톤의《파이돈Phaidon》에 등장하는 문구다.
4 이곳은 로마 시대 소아시아 지역의 수도였다.

25. 피타고라스학파 철학자들은 이렇게 말했다. "이른 새벽에 일어나 하늘을 보라. 하늘의 별들은 언제나 변함없이 같은 궤도를 그리며 완벽하게 자신의 업무를 완성한다. 별들의 질서 잡힌 체계, 순수함과 순결함을 그대로 받아들이자."

26. 책을 읽고 글을 쓸 때면 남을 지적하기에 앞서 먼저 상대의 충고를 받아들이자. 이는 인생 전체에서도 마찬가지다.

27. 에픽테투스가 말했다. "자식에게 입을 맞출 때는 마음속으로 '이 아이는 내일이면 죽을지도 모른다'고 생각해야 한다." 이 얼마나 불길한 말인가! 하지만 그는 대답했다. "아니다! 자연의 법칙을 따르는 자에게 불길한 징조란 없다. 그렇다면 곡식을 벨 때도 불길하다고 말할 것인가?"

28. 설익은 포도, 익은 포도, 건조된 포도……. 세상의 모든 순간에는 변화가 함께 따른다. 단, 아무것도 아닌 것으로 변하는 것이 아니라 아직 존재하지 않았던 것으로 변화하는 것이다.

29. 에픽테투스가 말했다. "우리의 의지를 빼앗을 자는 아무도 없다."

30. 그는 또 "동의를 표할 때는 일정한 원칙에 따라야 하며, 행동에 옮길 때는 주변 환경을 세심히 고려해야 한다. 이웃의 이익을 침해하지 말고 모든 것은 반드시 그에 상응하는 가치를 지녀야 한다. 또한 욕

망을 극복하되 비록 스스로 통제할 수 없더라도 도망쳐서는 안 된다"
라고 말했다.

31. 에픽테투스는 "우리에게 닥친 문제 즉, 정신이 깨어 있는가, 아
닌가에 대한 문제는 결코 시답잖은 일이 아니다"라고 말했다.

32. 소크라테스는 항상 이렇게 물었다. "무엇이 필요한가? 이성적
인 동물의 영혼인가, 아니면 비이성적인 동물의 영혼인가? 물론, 이성
적인 동물의 영혼이다. 어떤 종류의 이성적인 동물인가? 올바른 것인
가, 아니면 사악한 것인가? 당연히 올바른 것이다. 그렇다면 왜 노력을
기울이지 않는가? 우리는 이미 올바른 영혼을 가지고 있다. 그렇다면
왜 아직도 싸우고 다투는가?"

제12장

"모든 것은 당신의 주관적인 생각에 불과하며 이를 충분히 다스릴 수 있음을 기억하자. 생각쯤이야 언제든 없애버릴 수 있다. 그러니 평정심을 간직하자! 막 산악지대를 벗어난 항해자처럼 눈앞에 넓고 평온한 바다가 펼쳐지리라."

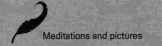
Meditations and pictures

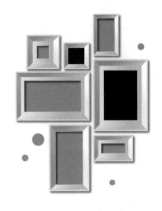

절망은 스스로를
단련하는 훈련이다

1. 당신 자신만 거부하지 않는다면 지금껏 그토록 소망했던 것을 곧 손안에 넣을 수 있을 것이다. 과거에 대한 추억을 떨치고 미래는 신에게 맡겨둔 채, 성실하고 올바르게 현재를 살아가자. 자신의 운명을 사랑하는 데는 '경건하고 정성스러워야 한다.' 자연이 당신에게 운명을 선사했고 당신 역시 그 운명을 받아들였으니 말이다. '정의롭다'는 것은 아무런 꾸밈없이 진실만을 행하는 것을 뜻한다. 즉, 자연법칙에 어울리는 가치 있는 행동을 한다는 것이다. 그러니 남의 사악한 의도나 대중의 숱한 말, 육신을 둘러싼 감각에 휘둘리지 말자.

고대 로마의 클라우디우스Claudius 황제.

죽음에 이르기까지 자신의 이성 및 내면의 신성을 존중한다면, 그리고 언젠가 닥칠 죽음마저 두려워하지 않는다면(다만, 자연의 법칙에 따라 살지 못할까를 두려워해야 한다) 당신은 한 점 부끄럼 없는 사람이 될 것이다. 그리고 매일 일어나는 뜻밖의 사건에도 놀라지 않고 이리저리 헤매며 방황하지도 않을 것이다.

2. 신은 쓸모없는 껍데기를 떼어낸 인간의 내면을 굽어볼 줄 안다. 자신에게서 뻗어나 인간의 몸으로 흘러 들어간 부분(이성적인 내면)을 찾아내는 지혜가 있기 때문이다. 그러니 당신도 스스로 자신의 내면을 살펴볼 수 있다면 대부분 고민은 사라질 것이다. 하찮은 껍데기에 관심을 끊은 사람은 옷이나 집, 명예 등 외양적인 조건에 시간을 낭비하지 않을 테니 말이다.

3. 신은 모든 것을 완벽하게 다스린다. 이토록 인간에 호의를 베푼 신이 어찌해서 이것만은 소홀히 했을까? 선한 인간 즉, 경건한 태도와 예법을 통해 신과 밀접한 관계를 맺은 인간도 일단 죽은 후에는 다시 살아오지 못한 채 완전히 소멸해버리지 않던가. 그러나 만약 다른 방법이 필요했다면 신은 분명 그렇게 행했을 것이다. 그 방법이 합리적이고 자연의 법칙에 부합하는 한 반드시 그리 행했을 것이다. 그러나 현실이 그렇지 못했다면 "원래 그리되지 말아야 하는 것"이라고 생각하자. 설령 신이 정의롭거나 선량하지 않더라도 신과 논쟁을 벌여서는 안 된다. 신은 분명 그만의 뜻이 있을 것이다. 온 정성을 다해 우주의 질서를 세운 신이 말도 안 되는 사건을 아무렇게나 내던졌을 리는 없다.

4. 우리는 남보다 자기 자신을 더 사랑한다. 하지만 자신을 평가할 때는 왜 자기 의견보다 남의 의견을 더 중시하는 걸까? 어떤 신이나 현명한 스승이 "드러낼 수 없는 생각 따위는 하지도 말라"고 명령한다면 우리는 도저히 하루도 감당해내지 못할 것이다. 그런데도 우린 자신의 의견보다 남의 의견을 더 중시하며 살아가고 있지 않은가!

5. 당신은 육체와 호흡, 이성이라는 세 가지 요소로 만들어진 존재다. 이에 육체와 호흡은 잘 보존해야 한다는 의미에서 당신에게 속하지만, 진정 당신의 것이라 말할 수 있는 것은 바로 이성뿐이다. 그러니 다른 사람 및 자신의 말과 행동, 장차 문제가 될 골칫거리, 육체나 호흡에 관련되어 있으나 스스로 통제하지 못하는 것, 외부환경에서 소용

엠페도클레스는 고대 그리스의 철학자였
다. 혹자는 그가 에트나 화산Mount Etna을
연구하다가 조난을 당했다고 말한다. 엠
페도클레스는 '물질적 세계는 구형'이라는
유명한 사상을 펼쳤다.

돌이치는 일체의 것은 마음속에서 몰아내야 한다. 그래야 당신의 이성
이 운명의 틀을 벗어나 순결하고 독립적으로 행동하고, 정의로운 일을
행하며, 모든 것을 받아들여 진실을 말할 것이다. 만약 (다시 한 번 말
하겠다) 그대가 육체의 모든 감각 및 과거와 미래의 일을 이성의 힘으
로 떨칠 수 있다면, 마치 엠페도클레스[1]가 손에 쥔 혼천의[2]처럼 '더없
이 둥글고 스스로 평온하다면', 그리고 지금 모습 그대로 자신만을 위
해 살아간다면, 여생을 평화롭고 편안하게 뜻대로 보낼 수 있을 것이
다.

6. 성공할 희망이 없더라도 최선을 다해야 한다. 왼손은 평소에 손
놀림이 부자연스럽고 서툴지만 고삐를 잡을 때만은 오른손보다 훨씬

---

1 최초로 '4대 원소론'을 주장한 고대 그리스의 철학자다.
2 기후를 예측하기 위한 천체관측 기구.

유용하다. 바로, 고삐 잡는 법을 끊임없이 연습했기 때문이다.

7. 죽음에 이르면 몸과 마음이 어떻게 변할지 한번 생각해보자. 그리고 인생이 얼마나 짧은지, 과거와 미래의 시간이란 얼마나 깊고 깊은지, 일체 만물은 얼마나 나약하고 무력한 존재인지도 생각해보자.

8. 사물의 껍데기를 벗겨내고 '인과관계의 원칙과 행동의 목적'을 살펴보자. 고통이란 무엇인가? 쾌락이란 무엇인가? 또 죽음이란 무엇인가? 명예란 무엇인가? 마음이 불안하다면 대체 누구를 탓해야 하는가? 어찌해야 남의 방해를 받지 않겠는가? 이 모든 것은 우리의 생각에 따라 결정된다!

9. 행동의 원칙을 실제로 행할 때는 검투사가 아닌 권투선수처럼 해야 한다. 검투사는 검을 떨어뜨리면 다시 집어 들어야 하지만 권투선수는 맨주먹으로도 이길 수 있기 때문이다.

10. 사물의 진면목을 살피고 이를 본질·원인·목적으로 분석하자.

11. 인간은 얼마나 능력이 많은가. 그러니 신이 허락한 일만을 행하고, 신이 내린 모든 것을 기꺼이 받아들이자!

12. 자연의 질서를 따르는 일에 대해 신을 탓하지 말자. 의도적이든 의도적이지 않든 신들은 결코 실수하는 법이 없다. 또한 인간을 탓하

지도 말자. 인간은 그저 의도하지 않게 잘못을 저지를 뿐이다. 그러니 그 누구를 향해서도 비난을 가해서는 안 된다.

13. '인생에서 부딪히는 모든 일'에 놀라는 사람은 얼마나 가소로운가!

14. 세상에는 필연적으로 정해진 계획과 자비로운 신의 뜻, 그리고 아무런 규칙도 없는 혼돈 그 자체가 존재한다. 피할 수 없는 운명에 부딪혔다면 고통에 몸부림치며 울어야 무슨 소용이 있겠는가? 만약 자비로운 신의 손길이 느껴진다면 하늘의 은혜를 입기 위해 최선의 노력을 다하자. 그러나 황폐한 혼돈 속에 갇혔다면 이토록 험한 시련 속에서도 자신을 다스릴 수 있는 이성을 가졌음에 감사해야 한다. 만약 세찬 파도가 밀려온다면 그 파도에 육체와 호흡, 그 외의 모든 것을 내맡기자. 아무리 그래도 당신의 이성만은 절대로 휩쓸어가지 못할 테니 말이다.

15. 등잔불의 불빛은 일부러 끄기 전까지는 환하게 불타오른다. 그렇다면 당신은 죽음에 이르기도 전에 어찌 내면의 진리, 정의와 절제력을 내버리려 하는가?

16. 누군가가 잘못을 저질렀다고 생각되거든 "왜 이것을 잘못된 일이라고 생각하는 걸까?"라고 자문해보자. 어쩌면 잘못을 저지른 그도 스스로 자책하며 부끄러워할지 모른다.
악인이 나쁜 일을 저지르지 않기를 바라는 것은 무화과 열매에서

고대 로마의 칼리굴라Caligula 황제(왼쪽)와 네르바Nerva 황제(오른쪽).

즙이 흐르지 않기를, 또는 아기가 울지 않기를 바라는 것과 같다. 또한 말이 울음소리를 내지 않기를 바라고 그 밖의 필연적인 일들이 실제로 일어나지 않기를 바라는 것과 같다. 아! 원래 성격이 그런 사람이 어찌 달리 행동할 수 있겠는가? 만약 당신이 도저히 참을 수 없다면 그의 성격 자체를 고치도록 노력해야 한다.

17. 그릇된 행동은 행하지 말고 진실이 아니면 말하지 말자. 자신의 충동을 다스리도록 노력해야 한다.

18. 언제나 사물의 전체를 보아야 한다. 당신이 느끼는 이미지란 대체 무엇인가? 대상을 분석하고 설명해보자. 원인과 본질은 무엇인가? 또 목표는 무엇인가? 생성에서 소멸에 이르기까지 생존 기간은 얼마나 되는가?

19. 그대의 내면에 자리 잡은 무언가(당신을 꼭두각시로 만드는 헛된 욕망보다 유익한 것이리라)를 깨달으면 신에게 가까이 다가서게 될 것이다. 지금 당신의 내면에는 무엇이 있는가? 공포인가? 의심인가? 욕정인가?

20. 첫째, 아무런 목적 없이 행동해서는 안 된다. 둘째, 공공의 이익에 부합하는 것을 유일한 목표로 삼자.

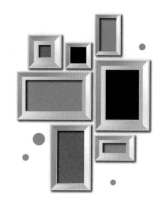

모든 것은
생각에 달려 있다

21. 당신은 곧 물거품처럼 사라져 이 세상에 존재하지 않게 될 것이다. 지금 눈앞에 보이는 모든 것, 오늘을 살아가고 있는 모든 사람 역시 마찬가지다. 세상 만물은 자연의 법칙에 따라 끊임없이 변화하고, 형태를 바꾸고, 또 소멸해간다. 다른 사물을 위한 삶의 공간을 내어주기 위해서 말이다.

22. 모든 것은 당신의 주관적인 생각에 불과하며 이를 충분히 다스릴 수 있음을 기억하자. 생각쯤이야 언제든 없애버릴 수 있다. 그러니

네로 클라우디우스Nero Claudius Drusus Germanicus 황제.

평정심을 간직하자! 막 산악 지대를 벗어난 항해자처럼 눈앞에 넓고 평온한 바다가 펼쳐지리라.

23. 그 어떤 독단적인 행위라도 적절한 순간에 멈춘다면 결코 해가 되지 않는다. 물론 행동하는 주체(사람) 역시 행위를 멈춘다고 손해를 입는 것은 아니다. 인생 또한 마찬가지다. 우리의 행동을 적시에 멈출 수 있다면 결코 손해를 보지는 않을 것이다. 적당한 순간에 끝을 맺을 줄 아는 사람은 어떤 시련에서든 흔들리지 않고 믿음직스럽다. 단, 여기서 말하는 '적당한 순간과 끝'은 우주가 정해준다. 때로는 (노인이 되는 것처럼) 인간의 본성에 따라 정해지는 경우도 있지만 말이다. 거스를 수 없는 우주와 자연의 법칙은 모든 부분을 끊임없이 변화시킨다.

변화란 인간의 의지에 거스르거나 공공이익에 해가 되는 것이 아니기에 분명 좋은 일이다. 우주는 적당한 시기에 에너지를 나누어 가짐으로써 전체에 기운을 북돋아준다. 그러니 신과 같은 목표를 가지고 신과 같은 길을 가는 사람은 '신이 내린 사람'이라고 말할 수 있다.

24. 언제라도 다음의 세 가지 규율을 지켜야 한다. 첫째, 목적 없이 행하지 말며 정의에 어긋나는 행위를 하지 말자. 당신에게 일어나는 모든 일은 우연히 혹은 하늘의 뜻에 의한 것이나, 우연이나 하늘을 탓하지는 말자. 둘째, 인간이 어떻게 잉태되어 영혼을 지니게 되었는지 또 어떻게 한 영혼이 또 다른 영혼으로 바뀌는지 생각해보자. 영혼이 몸을 떠난 뒤에는 어떻게 변화할까? 셋째, 하늘로 올라가 지상에서 펼쳐지는 갖가지 일을 굽어본다면, 아마 땅 위의 현실을 주목할 필요가 없음을 곧 깨닫게 될 것이다. 하늘에 떠 있는 당신 주변으로 이미 수많은 사람이 존재할 테니 말이다. 아무리 여러 번 하늘로 올라간다 해도 눈앞에 펼쳐지는 광경은 어디서나 똑같으며 이마저 곧 소멸해가고 있다. 그러니 뽐내고 자랑할 것이 뭐가 있는가?

25. 주관을 버려라, 그러면 평안을 얻을 것이다. 누가 당신의 이 같은 결정을 막아설 수 있겠는가?

26. 어떤 일에 화를 낸다는 것은 '세상 만물은 우주의 법칙에 따라 생성된다'는 사실을 잊어버렸다는 뜻이다. 누군가가 잘못된 행동을 하더라도 당신과는 아무런 상관이 없다. 눈앞에 펼쳐진 모든 일은 과거

알렉산더가 사냥하는 모습.

에도 그래왔고, 현재도 그러하듯, 미래에도 여전히 일어날 것이다. 이 밖에도 당신은 '개개인과 전체 인류가 얼마나 밀접한 관계를 맺고 있는지'를 잊어버린 셈이다. 우리는 피와 유전자뿐 아니라 이성도 함께 공유하고 있는 공동체다. 개개인의 이성은 모두 신에게서 물려받은 신성한 가치이며 개인이 소유할 수 있는 것이란 아무것도 없다. 우리의 자식·육신·영혼은 모두 신의 뜻에 의한 것이다. 모든 것은 주관적인 생각에 불과할 뿐이며 인간은 다만 현재에만 존재하고, 상실하는 것 역시 현재뿐이다.

27. 세상에 극도로 불만을 터뜨렸던 사람들에 대해 끊임없이 상기하자. 이들은 명예나 재앙, 적대감 등을 지닌 특별한 운명 탓에 남과는 전혀 다른 삶을 살았다. 그러나 "오늘날 그들은 어디에 있는가?" 그들은 모두 재와 연기, 전설이 되었다. 심지어 전설 속에 남지 못한 자

들도 있다. 파비우스 카툴리누스Fabius Catulinus[3]·루키우스 루푸스Lucius Lupus[4]·스테르티니우스Stertinius[5]·바이에 티베리우스·벨리우스 루푸스 Velius Rufus[6] 등 무언가에 흠뻑 빠져 살던 이들은 마침내 어떻게 되었는 가? 그들이 그토록 중시했던 것들은 결국 얼마나 무가치했던가! 인간은 자신이 통제할 수 있는 범위 안에서 정의롭게, 절제력 있게, 신을 숭배하며 거짓 없이 살아야 한다. 스스로 '자부할 것이 없다'는 자부심 이야말로 얼마나 꼴사나운가!

28. 누군가가 "당신은 대체 어디서 신을 보았는가? 어찌 그리 신의 존재를 확신하는가? 어떻게 그리 겸허한 숭배자가 되었는가?"라고 묻는다면 나는 이렇게 대답할 것이다. "나는 내 영혼을 실제로 본 적은 없지만 영혼의 존재를 존중한다. 이와 마찬가지로 나는 끊임없이 신의 위력을 느끼며 그들의 존재를 확신하고 존중한다."

29. 삶의 행복은 모든 사물의 '전체 및 본질'을 통찰하고 그 '실체와 원인'을 명확히 통찰하는 데에 달려 있다. 그러므로 정의로운 일과 진실한 말을 행하도록 최선을 다하고 빈틈이 없을 정도로 끊임없이 선행을 베풀자. 그러면 삶의 기쁨을 누릴 것이니, 더 바랄 것이 뭐가 있겠는가?

---

3 농촌 생활에 흠뻑 빠져 있던 자로 알려져 있다.
4 알려진 정보가 없다.
5 부유한 의사였을 것으로 추측한다.
6 로마의 제2대 황제로, 말년에는 주색에 빠져 정사를 돌보지 않았다.

30. 태양빛은 담장이나 산 또는 무수한 사물에 가려질지언정 분명히 존재한다. 사물의 본질 역시 각각의 특성을 지닌 무수한 개체로 나뉘더라도 분명히 존재한다. 영혼도 무수한 생물체로 각기 뻗어나갈지언정 분명히 존재하는 실체다. 이성적인 영혼은 마치 흩어져 있는 듯 보일지라도 결국에는 모두 하나인 셈이다. 다만, 앞서 말한 사물의 물질적인 부분은 감각이 없는데다 상호 관련성도 없다. 그저 이성과 호흡을 통해 함께 얽혀 있을 뿐이다. 그럼에도 이들이 공유하는 감성과 단결정신은 떼려야 뗄 수 없는 굳건한 고리를 형성하고 있다.

31. 당신은 무엇을 바라는가? 오래도록 살아가는 것을 바라는가? 그렇다면 감각이나 욕망은 무엇인가? 성장과 몰락은 무엇인가? 언어를 사용하는가? 사고는 하는가? 이 모든 것 가운데 당신에게 진정 필요한 것은 무엇인가? 만약 이 모든 것이 일고의 가치도 없다고 생각된다면 오로지 이성과 신의 뜻을 따라 살아가자. 그러나 삶의 모든 것에 집착하고 죽음의 공허를 두려워하는 것은 이성과 신의 뜻에 어긋나는 태도다.

32. 한 사람에게 주어진 시간이란, 광대하고 무한한 시간 가운데 얼마나 보잘것없는 순간뿐인가! 그렇게 찰나는 영원 속으로 스러질 뿐이다. 인간이란, 우주의 본질 속에 얼마나 미천하며 우주의 영혼 가운데 얼마나 하잘것없는 존재인가! 당신이 발 디딘 대지 또한 광활한 지구에서 얼마나 하찮은 조각일 뿐인가! 이 모든 것을 생각해보면 본성에 따라 행동하고 우주와 자연의 모든 것을 받아들이는 것 외에는 어떤

헤라클레스Heracles처럼 꾸민 마르쿠스 아우렐리우스의 아들 코모두스. 오늘날 서양인은 아우렐리우스가 아들 코모두스를 왕위 계승자로 결정한 것이 그의 생애 최대의 실수였다고 평가한다. 심지어 이것은 마르쿠스 아우렐리우스의 본심이 아니었을 것이라는 주장도 있다. 정치에 아무런 흥미가 없었던 코모두스는 찬란한 로마제국의 종말을 앞당긴 인물로 평가된다.

것도 중요하지 않은 듯하다.

33. 쾌락을 선, 고통을 악이라 생각했던 사람들도 죽음을 경멸했다는 사실을 알게 되면, 죽음 따위는 대수롭지 않게 생각할 수 있다.

34. 이성을 어떻게 사용하는가? 그것이 바로 삶의 관건이다! 다른 모든 것쯤은 제대로 행하든 아니든, 결국 한낱 잿더미와 연기에 지나지 않을 뿐이다.

35. 시의적절한 죽음을 기쁨으로 받아들이는 사람에게는 죽음이 더는 두려움의 대상이 아니다. 이성에 따라 행하는 자는 행위의 많고 적음을 크게 신경 쓰지 않는다. 며칠 더 살거나 덜 사는 것은 아무런 의

미가 없기 때문이다.

36. 그대, 인간은 이 세계의 시민으로 살아왔다. 그러나 100년을 살든 5년을 살든, 그것이 무슨 상관이겠는가? 우주의 법률은 모든 이에게 평등하다. 이 세계를 떠나는 것은 한낱 폭군이나 부도덕한 법관에 의해 내쳐지는 것이 아니라, 당신을 이 세상으로 데려왔던 자연의 법칙에 의해 밀려나는 것이다. 이는 마치 연극배우를 고용했던 권력자가 제 마음대로 "당장 무대에서 내려가라"고 명령하는 것과 다름없다. "하지만 총 5막을 다 공연하지 못했는데요, 이제야 3막이 끝났을 뿐입니다." 만약 그렇다면 인생은 3막으로 종결되는 연극일 수도 있다. 연극의 마무리를 결정하는 것은 애당초 연극을 시작했던, 그리고 지금 공연을 끝내려 하는 신의 손에 달려 있기 때문이다. 당신에게는 아무런 권한이 없다. 그러니 동굴에서 해방된 사람처럼 유쾌한 마음으로 무대를 떠나자.